AF285643

WIR SIND IMMER FÜR EUCH DA

Bibliografische Information der Deutschen Bibliothek:
Die Deutsche Bibliothek verzeichnet diese Publikation
in der Deutschen Nationalbibliografie;
detaillierte Daten sind im Internet über
< http: // dnb.ddb.de > abrufbar.

© 2008 Frank Schöne – Version 2
Satz, Foto und Umschlagdesign: Frank Schöne
Herstellung und Verlag:
Books on Demand GmbH, Norderstedt
ISBN: 978-3-8370-2643-6

WIR SIND EIN HAUS DER FRÖHLICHEN KINDER!

Wir sind immer für euch da!

Frank Schöne

Ich weis nicht, ob ich
das alles richtig
reflektiere, aber ich
habe es so empfunden.

Prolog

Dieser Prolog ist von mir erst zu einem späteren Zeitpunkt eingefügt wurden, um besser die Ausgangssituation zum Buch verständlich zu machen.

Stellen sie sich vor, dass sie genau jetzt in ihrer „guten" Stube sitzen, ein oder zwei eigene Kinder haben, die sie selbstverständlich über alle Maßen lieben und genau zu diesen Kindern kommen noch sechs weitere hinzu. Nicht biologisch von ihnen entstammend, sondern aus sozialen Aspekten zu ihnen gestoßen.

Sie selbst sind es, die sich jetzt Tag ein, Tag aus um diese Kinder kümmern sollen, sieben Tage die Woche und zweiundfünfzig Wochen im Jahr, mit voller Verantwortung, damit verbunden, mit allen Problemen und Fragen, welche die Kinder und mitunter auch deren Verwandte haben.

Ich möchte, dass sie dies bei der Bewertung meiner Ansichten und Fragen im Auge behalten und nicht zu sehr mit mir ins Gericht gehen.

Vorwort

Der erste Entwurf zu dem Nachstehenden ist während einer sechswöchigen Kur im April/Mai 2003 in Chemnitz entstanden.

Ich nutzte die für mich relativ lange Auszeit, in der ich seit Jahren das erste Mal nur für mich zuständig war, um einen schon lange gehegten Wunsch zu erfüllen, nämlich ein Buch zu schreiben über unsere Erfahrungen und Erlebnisse mit (uns anvertrauten) Kindern, die in unserem Kinderhaus in unserer Familie herangewachsen sind.

Die Jahre als Pflegefamilie sind voller Erinnerungen und emotionaler Eindrücke, die einer eigenen Analyse und Bewertung aber auch kritischen Betrachtung bedürfen.

Verallgemeinerungen für die Arbeit in anderen Kinderhäusern liegen mir fern. Vielmehr beabsichtige ich zu belegen, dass es möglich ist, in einer solchen Einrichtung Kinder erfolgreich auf ein eigenständiges Leben vorzubereiten und welche Ansprüche diese Aufgabe, an die aufnehmende Familie und die eigene Person gestellt hat.

Ich wollte mit diesem Vorhaben aber auch „unseren Kindern" etwas in die Hand geben, womit sie ihre eigene Herkunft und die Bedingungen und Erlebnisse, die sie begleiteten und prägten, genauer kennen und schätzen lernen.

Dies verlangte absolute Detailtreue und nacherlebbare Wahrhaftigkeit. Eigene Interpretationen und Sichtweisen sind Teil dieses Anspruchs.

Aus rechtlichen Gründen und zum Schutz unserer Kinder sind deren Namen, sowie die Ortsbezeichnungen geändert.

Anfang

„Hier ziehe ich nie ein!" – deutliche Worte von Andrea, meiner Frau, als wir den Rundgang durch ein leerstehendes Haus einer ehemaligen LPG im DDR-Charme hinter uns hatten. Fast wären sie im lauten Schnarren der Elektrik im Erdgeschoss untergegangen und dieses Schnarren sagte auch gleich alles über den eigentlichen Zustand des Hauses aus, momentan jedenfalls. Vier Wohnungen mit jeweils knapp 70m² Wohnfläche, Ofenheizung und ca. 700 m Entfernung bis zur nächsten befestigten Straße. Diese 700 m bestanden nur aus sandigen Waldweg, welcher im Sommer beim befahren viel Staub aufwirbelte und im Winter meist mit Glatteis überzogen war.

Hinter dem Haus die Mauer eines ehemaligen Hospitals der sowjetischen Armee, ebenfalls leer stehend und am zerfallen und nebenan die Gebäude einer seit vier Jahren nicht mehr benutzten LPG mit großen Toren in den Ställen, welche bei jedem Windstoß quietschten und knarrten, als wenn sie jeden Moment abbrechen wollten.

Das war genau die LPG, die ursprünglich das Haus im erfolgreichen „Sozialistischen Wettbewerb" mit einer anderen LPG hochgezogen hatte und den Wettbewerb damals wohl auch gewonnen hat. Sie war offenbar schneller als die Andere, was nicht unbedingt gleichzusetzen ist, dass sie auch besser gewesen ist.

Und doch hatte das Haus nicht nur einen fantastischen Ausblick Richtung Süden, auf die anschließenden Wiesen und den Wald, sondern auch eine fast hilflos wirkende Form von nie bezogenen Rohbauten, von Räumen, die niemals nach ihrer Fertigstellung die Hand von Bewohnern gespürt hatten, die sie liebevoll gestalteten, die aus ihnen etwas Lebendes, Bewohnbares gemacht hatten.

Wir konnten uns also, natürlich im Rahmen eines entsprechenden finanziellen Spielraumes, auf zwei Etagen, in sechzehn Räumen, erst einmal voll austoben und nach dem Herstellen einer gewissen Bewohnbarkeit einen wirklichen Lebensraum für uns, unseren beiden Söhnen und vor allem den uns später anvertrauten sechs Pflegekindern schaffen. Eine menge Arbeit, vor der wir uns nicht fürchteten, aber vor dem wir doch großen Respekt hatten.

Entscheidung

So kam es dann auch. Irgendwann, abends beim Schlafen gehen konnte sich Andrea doch durchringen, in diese abgelegene Einöde zu ziehen.

Wir führten endlose Gespräche, entwickelten Konzepte und Ideen, verwarfen diese gleich wieder und fingen immer wieder von vorne an. Wir gestalteten das Haus auf dem Papier nach unseren Vorstellungen und stritten uns dann fast endlos mit dem uns zugeteilten Architekten, der gar nicht verstehen wollte, oder konnte, worauf wir hinaus wollten. Letztendlich setzten wir uns aber gegen ihn durch, wenn wir auch manchmal warten mussten, bis er die Baustelle wieder verlassen hatte, um seine Anordnungen dann doch anders ausführen zu lassen oder selbst umzubauen.

Die größten Überraschungen erlebten wir mit einer Installationsfirma, die heute mit Sicherheit nicht mehr existiert, wenn sie andere Projekte genauso schlecht realisierte, wie unseres.

Probleme gab es also viele, was aber wohl bei einem Bau in der Größenordnung nicht ganz auszuschließen ist.

Zum Glück musste ich während des Bauens nicht mehr als Erzieher im Gruppendienst arbeiten und konnte mich somit ganz dem Aus- und Umbau widmen, was vor allem den Vorteil hatte, dass ich stets vor Ort war und auf alle Maßnahmen und Entscheidungen direkt Einfluss nehmen konnte. Dies war zwar ein Projekt, dass von unserem heim getragen wurde, aber schließlich sollten wir einmal mit unseren Kindern darin wohnen und leben und da war es wohl nur recht und billig, dass wir direkt Einfluss auf den Verlauf des Baues nahmen.

Zum Glück sahen das meine Vorgesetzten auch so.

Fast wäre alles noch vor dem Start geplatzt, denn ich hatte am 1.Mai 1995 gleich mehrere Schutzengel, als ich meinen Wartburg mit hoher Geschwindigkeit auf dem Weg nach Hause in den Wald und damit zum Totalschaden gefahren hatte. Zu allem Unglück hatte ich auch noch unseren großen Jungen, den Lukas und seine Spielkameradin mit im Auto. Aber wie durch ein Wunder ist keinem etwas passiert.

Beginn

Die Vorbereitungen waren abgeschlossen. Unsere Kinder Lukas (9 Jahre) und Mischa (fast 6) hatten ihre Zimmer bezogen und waren noch begeistert. Unsere Erzieherin Frau L. sollte mit dem ersten Pflegekind aus einem Heim in K. kommen und Frau M., unsere Hauswirtschafterin war froh zu uns kommen zu können.

Trotzdem blieb nicht nur ein Riesenberg Arbeit, sondern auch eine Ungewissheit. Was würden wir für Kinder bekommen? Schaffen wir das alles überhaupt und vor allem was wird aus uns selbst?

Wir hatten als vierköpfige Familie bis jetzt viele Höhen und Tiefen gemeistert. Die Wende mit meinem Berufswechsel überstanden, ich hatte den beruf des Erziehers vollkommen neu gelernt. Andrea absolvierte ein zweites Studium zur Informatiklehrerin mit einer Lehrbefähigung für die Sekundarstufe II, welches noch lief und unser Großer ging schon einige Jahre in die Schule.

Ich war anderthalb Jahre jede Woche über 400 km ins „Westfälische Kinderdorf Lipperland" gefahren und konnte mir dort die Kniffe und Kleinigkeiten einer Großfamilie betrachten und habe dabei manch wichtige Erfahrung sammeln können. Aber reicht das alles als Vorraussetzung für das neue Vorhaben? War diese Aufgabe nicht mindestens eine Nummer zu groß für uns als Familie? Wir wussten es nicht und das war im nachhinein vielleicht sogar gut so, denn trotz aller Ideen und Ideale, trotz aller Hoffnungen und Vorstellungen kam doch manches ganz anders und schneller, viel zu schnell holte uns die zeitweilige „Brutalität" des Alltags ein.

Eric

E ric war schon begeistert, als wir ihn lange bevor
er zu uns kam in seinem damaligen Heim in K.
besuchten. Am liebsten wollte er sofort mitkommen,
was natürlich nicht ging. Aber die Aussicht endlich
wieder eine Familie zu bekommen, war für ihn beflü-
gelnd und dass er eine seiner Lieblingserzieherinnen
auch noch mitnehmen durfte übertraf alle seine Erwartungen.

Viel hatte er schon erlebt. Einen großen Bruder
hatte er und eine Mutter, die alles in den Griff bekam,
nur ihr eigenes Leben nicht und die dabei Stück für
Stück auch noch ihre Kinder kaputt machte. Einen
Opa, der zwar lieb aber doch so schlau war, dass am
Ende gar nichts mehr klappte, so dass Eric im Heim
landete, vollkommen unschuldig, wie fast alle Kinder
die im Heim leben müssen.

Er war ein halbes Jahr älter als unser Mischa und
sollte im Sommer bei uns im Nachbarort eingeschult
werden, was für uns sofort eine Feier bedeutete und
zwar unmittelbar nachdem wir unsere Kinderdorffamilie gegründet hatten.

Also organisierten wir alles, wie wir uns das vor-
stellten. Dabei hatten wir aber Erics Mutter nicht mit
auf der Rechnung, denn was sie in seinem alten Heim
nie interessiert hatte, wurde auf einmal für sie interessant, nämlich ihr Sohn Eric. Er hatte offensichtlich
das gefunden, wonach er so lange gesucht hatte, eine
Familie. Er fühlte sich sichtlich wohl und das schien
seiner Mutter gar nicht zu gefallen.

In Absprache mit dem Jugendamt sollte die Einschulung so verlaufen, dass seine leibliche Mutter und seine Großeltern daran teilnehmen konnten und Eric an diesem Wochenende mit zu seiner Mutter nach Hause fahren sollte. Ein für Eric schlimmer Fehler, denn die Folge davon war, dass sich die plötzlich erwachte rasende Eifersucht seiner Mutter bei ihm so auswirkte, dass er das gerade neu entdeckte Gefühl, bei uns zu Hause zu sein, sofort wieder verlor.

Wir, seine kurzfristigen Pflegeeltern, die er mit Mama und Papa angesprochen hatte, wurden auf einmal zu Frau und Herr Schöne, ohne das wir ihm das gesagt haben und außerdem sollte er bei uns nur noch zeitweilig sein. Seine Mutter hatte ihm das so eingeflüstert und das, obwohl sie sich monatelang vorher überhaupt nicht um ihn gekümmert hatte.

Natürlich war das dem zuständigen Jugendamt nicht bedrohlich vorgekommen, sondern sie fanden es gut, was die liebe Mama plötzlich für ihren schon aufgegebenen Eric empfand. Das dies natürlich reichlich Stoff für Konflikte gab kann sich sicher jeder vorstellen.

Zum Glück konnten wir sie in dieser Phase alle noch meistern. Trotzdem entwickelte er sich eigentlich ganz gut.

Die Schule machte ihm sogar Spaß und seine Leistungen waren auch in Ordnung.

Unser Mischa kam mit ihm immer besser zurecht und die Beiden pegelten sich aufeinander ein.

So waren eigentlich wirklich alle Vorraussetzungen gegeben, dass sich Eric richtig gut entwickeln könnte.

Leider sah das aber seine Mutter nicht so. Sie war von Besuch zu Besuch eifersüchtiger auf Eric und sein Leben bei uns und so kam es ihr in den Sinn, im Februar 1996 in eine neue Wohnung ziehen zu wollen. Das war für sie als Sozialhilfeempfängerin gar nicht so einfach. Zumindest dachten wir das, aber da irrten wir uns gründlich, denn sie hatte ja noch Eric. Wenn sie sonst nichts zustande brachte und bei ihrem Umgang mit Eric leider fast nur Negatives heraus kam, schaffte sie es aber die beiden für sie wichtigen Ämter in der Wohnungsfrage, nämlich das Jugendamt und das Sozialamt zusammen zu bekommen und mit der Begründung die neue Wohnung für Eric zu benötigen für sich einzuspannen. Natürlich bekam sie die neue Wohnung, da sie genügend Krach gemacht hatte und das geht in der heutigen BRD tatsächlich.

Dies geschah selbstverständlich ohne das eines der Ämter etwa Eric oder gar uns fragten, was denn für den Jungen dabei herauskommen könnte. Wir kamen in den Amtsstuben der BRD zum ersten Mal richtig an und machten gleich die bittere Erfahrung, dass einige Mitarbeiter in solchen Institutionen leider nicht auf der Seite der Heranwachsenden stehen, sondern in erster Linie ihre Budgets sehen müssen und Aktenvorgänge abschließen wollen.

Bei Eric kam noch hinzu, dass wir als Kinderdorffamilie noch recht neu waren und besonders meine Erfahrung im Umgang mit den Ämtern und deren Sachbearbeitern noch viel zu gering war.

Das Einzige was wir für Eric erreichen konnten war, dass er wenigstens die erste Klasse bei uns abschließen und unsere erste gemeinsame Urlaubsreise mitmachen durfte. Unmittelbar danach musste er uns aber nach nur einem Jahr verlassen. Trotzdem konnten wir ihn in dieser Zeit ein ganzes Stück weiterhelfen. Er schaffte das Klassenziel der ersten Klasse, spielte im Verein Fußball und kam als „Bengel" mit sieben Jahren eigentlich gut bei uns zurecht.

Pfiffig war er auch noch, wie folgende Situation beweist. Unsere Kinder gingen im Nachbarort in die Grundschule. Also wurden sie jeden Morgen mit unserem Kleinbus hingefahren und mittags wieder abgeholt. Dies ging unter anderem auch ein Stück über die Autobahn, da das die kürzeste Verbindung zwischen den beiden Orten war. Den Weg hatten sich die Kinder natürlich ziemlich schnell eingeprägt. Eines Tages fuhr ich mit dem Bus an der Schule vorbei, um Trixi und Mischa vom Kindergarten abzuholen und Eric hätte warten müssen. Unser Bus war natürlich auch den älteren Schülern der Schule bekannt und wie das so ist, verkohlen die Älteren schon mal ganz gerne die kleinen aus der ersten Klasse. So redeten sie Eric ein, dass unser Bus schon lange weg sei und Eric glaubte ihnen natürlich aufs Wort. Aber Eric, nicht dumm, dachte sich, das er wohl auch Hunger hatte und nach Hause wollte. Also lief er in unsere Richtung los und die Autobahnauffahrt hinauf. Mittlerweile kam ich vom Kindergarten zurück und Eric war nicht mehr da. Natürlich war das für mich ein großer Schreck, denn es war auch hier wieder das erste Mal für mich, dass in unserer Familie jemand abhanden kam. Also suchte ich ihn überall dort, wo er eventuell sein könnte. Aber er war einfach nicht aufzufinden.

Das hieß für mich, alle möglichen Instanzen zu informieren: Die Schule, unser Haupthaus und wer sonst noch eventuell helfen könnte. Nur die Polizei ließen wir zum Glück noch außen vor. Mitten in die größte Aufregung hinein kam nämlich ein rettender Anruf von der Tankstelle, die sich einen reichlichen Kilometer von unserem Haus entfernt befindet, ob wir vielleicht einen Jungen vermissen, den ein LKW-Fahrer abgegeben hatte. Der Junge behauptete, zu uns zu gehören. Da fiel mir ein großer Stein vom Herzen. Eric war einfach getrampt und hatte zum Glück einen LKW-Fahrer erwischt, der mitgedacht und ihn an der Tankstelle abgesetzt hatte. Nicht auszudenken, wenn er bei jemand anderem im Auto mitgenommen worden wäre.

Seine Entlassung, welch furchtbares Wort, konnten wir wenigstens langfristig vorbereiten und dazu gehörten auch immer länger werdende Beurlaubungen zu seiner Mutter, von denen Eric jedoch immer verstörter wieder zurückkehrte. Aber wir hatten keine Chance. Ende Juli 1996 war Schluss und außer zwei Telefonaten danach hörten wir nichts Offizielles mehr von ihm.

Gerüchteweise soll Eric noch zwei Mal von der Polizei aufgegriffen worden sein, weil er auf dem Weg zu uns, zu seinem zu Hause, wie er es selbst genannt hat, war. Aber genau ist das nicht bestätigt, genauso wenig wie das Gerücht, dass er an der Trennung von uns seelisch kaputt gegangen sein soll. Gern würden wir dazu mehr erfahren, aber weder seine Großeltern, noch seine Mutter oder gar er selbst war für uns wieder erreichbar.

Die F's

Gleichzeitig mit der Vorbereitung auf Eric erhielten wir eine Anfrage zu weiteren Aufnahmen. Es begann mit dem Mädchen K., welche die Älteste einer Geschwisterreihe war und der zwei Schwestern in einem gewissen Abstand folgen sollten. Dabei machten wir gleich im größeren Umfang Fehler und wir bekamen das erste Mal mit dem Faktor Ökonomie zu tun. Da wir durch die Jugendämter über einen Pflegesatz finanziert werden und der auch damals nicht allzu üppig ausfiel, sollten wir natürlich eine möglichst „günstige Auslastung fahren". Das bedeutete damals wie heute, dass bei sechs zu belegenden Plätzen für Pflegekinder auch alle sechs belegt sein sollten. Nur dann sind wir ökonomisch im sogenannten Soll und schreiben nur für kurze Zeit rote Zahlen.

Wir waren noch ganz am Anfang, aber durch den Umbau eigentlich schon drei Monate in Verzug, denn statt am 1.August 1995 hätten wir eigentlich schon am 1.Mai 1995 beginnen sollen. Dass das nicht funktioniert hat, lag zwar nicht an uns, aber die „Ökonomie" interessierte das natürlich nicht. Also wäre es doch schon gut, wenn möglich schnell vier von sechs Plätzen belegt werden könnten. Eigentlich ist das auch logisch, aber das wir durch den hohen Anteil an Eigenleistung physisch kaum in der Lage waren, sofort voll zu belegen und wir uns psychisch selbst erst einmal auf die neu entstandene Lage einstellen mussten sahen zu diesem Zeitpunkt weder wir, noch die zuständigen Leute in unserem Umfeld.

Also führte ich gemeinsam mit meinem Chef das Erstgespräch mit dem zuständigen Jugendamt und nahm K. dummerweise auch noch gleich zu uns nach Hause, oder besser gesagt auf unsere Noch-Baustelle mit.

Das alles geschah auch noch allen Warnungen zum Trotz, am 6. Geburtstag unseres jüngeren Sohnes.

Ihr mögliches Zimmer war selbstverständlich nicht fertig, aber die Auslegware und Teile der Möbel waren schon vorhanden.

K. und ihre Geschwister kamen aus einer sehr problematischen Familie und was sie als Vorreiterin für ihre Geschwister sah, gefiel ihr natürlich sofort. Damit hatten wir vollkommen falsche Hoffnungen geweckt. Sie entschied sich ziemlich kurzfristig für uns und alle von Außen beteiligten fanden das auch gut, aber wir konnten einfach nicht. Mag es unsere Unerfahrenheit gewesen sein, oder einfach mit Mischas Geburtstag der falsche Zeitpunkt, oder das Erkennen und die Furcht vor der geistigen Behinderung der jüngsten der drei Schwestern oder aber alles zusammen. – Ich weiß es eigentlich bis heute noch nicht, was den Ausschlag gab. Damals wussten wir nur eins, wir sollten und mussten unsere viel zu schnell erteilte Zusage zurücknehmen. Damit taten wir K. natürlich unendlich weh. Sie hatte gehofft ihren Problemen im Elternhaus entkommen zu können und so etwas wie eine neue Familie zu finden und so schnell wie der Wunsch vielleicht hätte wahr werden können, so schnell verflog er wieder für sie.

Mit dieser Entscheidung standen wir sofort wieder auf dem Prüffeld, denn es gab durchaus einige die der Meinung waren, dass wir als Pflegefamilie untauglich wären. Schlagartig stand also alles auf dem Spiel. In unsere alte Wohnung konnten wir nicht mehr zurück, da sie schon leer geräumt, gekündigt und im Umbau war. Auch stand schon der neue Mieter fest. Unsere zum Teil neuen Möbel hatten wir größtenteils per Kredit und genau für dieses Haus gekauft. Ein vollkommen neu gebautes Bad lässt sich auch nicht schnell, wo anders einbauen. Also, was blieb uns übrig, als die Augen zu und durch und vor allem beim nächsten Mal mit einer größeren Portion Verstand an die Sache herangehen. Aber fertig waren wir, da die Wogen natürlich ziemlich hoch gingen.

Zu unserem Glück griff die Psychologin aus unserem Stammhaus sehr schnell ein und glättete diese schnell, sodass die Mädchen nicht kamen, im Stammhaus leben konnten und wir trotzdem weitermachen durften.

Die Probleme mit der Ökonomie begleiten uns aber immer noch und spielten im wachsenden Maße eine Rolle. Auch wenn wir uns nach Jahren etwas daran gewöhnt haben, ist dieser Bereich einer der Problematischsten bei der ganzen Sache.

Auch sollte es uns Jahre später mit noch fataleren Folgen als bei den F`s noch einmal einholen.

Unser Haus

Eine Wichtige Voraussetzung für so ein „Unternehmen" ist natürlich mit welchen Bedingungen und mit welchen Partnern man so etwas angeht.

Unser Haus liegt am Stadtrand von T., mitten im Wald. T. ist tatsächlich eine Stadt, obwohl sie die Bezeichnung eigentlich überhaupt nicht verdient, denn hier ist nicht wirklich so viel los, wie das in einer Stadt sein sollte.

Aber immerhin gibt es einen Autobahnanschluss von dem man in ca.30 Minuten in Berlin sein kann.

Hinter unserem Haus sind nur Feld, Wiese und Wald. Für die Kinder absolut ideal zum Toben und Spielen, aber dafür wohnten 1995 im Umkreis von mehreren hundert Metern keine Menschenseele, wenn wir mal von unseren Nachbarn im Dachgeschoss absahen. Dies änderte sich erst Jahre später, als ein Investor Teile der an der Rückseite unseres Hauses gelegenen ehemaligen sowjetischen Kaserne erschloss und Schritt für Schritt Leute herzogen.

Das Haus wurde erst Anfang 1990 von der damaligen LPG aufgebaut und war im Wettbewerb mit einer LPG in M. entstanden. Die LPG aus T. musste wohl gewonnen haben, denn bereits in der Phase des Umbaus merkten wir, dass fast jede Wand des Hauses ihre Eigenart hat, oder besser gesagt die Wände waren gerade mit dem gebaut worden, was da war. Da konnte es schon einmal vorkommen, dass man beim Einschlagen eines Nagels auf eine Betonwand stieß und statt mit dem Hammer ein Schlagbohrer greifen musste. Die Fenster waren aus Holz und sahen nach fünf Jahren Leerstand, ohne Heizung und menschlicher Bewohner dementsprechend aus und wenn draußen starker Wind aufkam, brauchten nicht zu lüften.

In den Zimmern standen die Tapeten entweder senkrecht vor der Wand oder waren offensichtlich mit blankem Latex geklebt, sodass sie gar nicht mehr von der Wand oder Decke entfernt werden konnten. Einen großen Vorteil hatte das Haus. Es steht auf einen kleinem Hügel, förmlich in den Sand hinein gebaut und ist dadurch wirklich absolut trocken.

Es galt aus vier Wohnungen eine zu machen und am Ende alles so zu gestalten, dass es auch trotz seiner Größe dem Charakter unserer Familie entsprach. Es mussten mehrere Mauerdurchbrüche ausgeführt werden, zwölf Kachelöfen entfernt werden, obwohl sie kaum benutzt worden sind.

Ein Deckendurchbruch von der ersten zur zweiten Etage wurde erforderlich, damit wir über eine kleine Wendeltreppe nach oben gehen konnten und vieles mehr.

Dank der Hausmeister unseres Stammhauses mussten nicht alle Arbeiten Firmen übernehmen und somit war die Kostersparnis beträchtlich. Da wir nach der Eröffnung eine öffentliche Einrichtung wären sollte natürlich alles seine besondere Ordnung haben und somit wurde uns ein Architekt zur Seite gestellt.

Wir hatten schon ziemlich konkrete Vorstellungen, welche Räume wir wirklich benötigten und wie wir das alles auch praktisch gestalten konnten, aber unser

Architekt sah leider fast alles anders. Endlose Gespräche und Diskussionen waren die Folge, was nicht nur nervend, sondern auch sehr zeitraubend war. Zum Glück war ich von unserem Träger schon ab März 1995 aus dem Gruppendienst im Stammhaus ausgegliedert worden und konnte mich ausschließlich um den Hausumbau kümmern, sodass ich den Quatsch, den der Architekt zum Teil vor Ort veranstalten wollte, gemeinsam mit den Firmen und unseren Hausmeistern korrigieren konnte.

Ich musste zwar dafür seinen Groll ertragen, wenn er das im nachhinein mitbekam, konnte mich aber zum Glück in fast allen Fällen durchsetzen.

Es zeigte sich später, dass sich unsere Fehlerquote beim Umbau in Grenzen gehalten hatte.

Was entstand alles? Wir wollten ein wirkliches zu Hause für alle, die später einmal hier wohnen sollten schaffen und das hieß als Erstes, für uns, keine streng abgegrenzten Bereiche. Es sollte eine einzige große Wohneinheit entstehen, mit nur einer Küche, einer größeren und einer kleineren Stube, viele Einzelzimmer für die Kinder, ein sogenanntes Spielzimmer, und natürlich auch das, was der Gesetzgeber alles vorschreibt, wie zum Beispiel mehrere Bäder.

Unsere Kinder bekamen ihre Zimmer auch mittendrin, sodass sie praktisch vom ersten Tag an unter den Anderen lebten, lediglich unser Schlafzimmer lag etwas am Rand und war nur durch ein anderes Zimmer zu erreichen.

Von ähnlichen Projekten, mit sogenannten innewohnenden Erziehern, die aber noch eine eigene, abgegrenzte Wohnung im Haus haben, wollten wir uns bewusst abgrenzen und tun dies auch noch bis heute, denn dies ist für uns nur reiner Etikettenschwindel.

Am Anfang war alles nur einfach praktisch gestaltet, die meisten Räume mit Raufasertapeten ausgestattet, weil dies am schnellsten zu realisieren war. Erst mit den Jahren wurde dies verändert und aus dem damals zunächst ziemlich sterilen Haus wurde ein richtiges Schmuckstück.

Besonders schön war zu Beginn das Spielzimmer, welches unser Lukas mit einem Sohn des Nachbarn gestaltet hatte. Auf weißen Untergrund entstanden bunte, lustige Bilder. Leider gibt es dieses Zimmer heute in der Form nicht mehr, da sich im Verlaufe der Jahre das Spielzimmer immer mehr zur „Müllhalde" entwickelte und jeder dort überflüssiges abstellte. Ein Spielen war kaum noch darin möglich. Also bauten wir um und lösten dafür das einzige Doppelzimmer der Kinder auf und damit hatten alle Kinder ein Zimmer für sich. Dafür ist der Flur in der 1.Etage heute in den verschiedensten Formen gestaltet. Eine Ecke für Karl May, eine große Ecke mit vielen Raumschiffen und der Aufgang sieht aus, wie eine Pyramide in Ägypten. Das sind alles Möglichkeiten, die man in einer einfachen Wohnung mit Sicherheit nicht so realisieren kann.

Der Hof bestand zum Anfang lediglich aus Sand, Sand und nochmals Sand, da die Baufirmen den Kelleraushub gleichmäßig hinter dem Haus verteilt hatten. Also gab es kaum eine Chance für Garten oder

Rasen. Das hieß, mit Schubkarre und Schaufeln ran, eine Sandschicht abtragen und für einen kleinen Garten Erde wieder rauf. Dabei konnten wir natürlich nicht alles sofort umgestalten und so zog sich die Veränderung des restlichen Hofes über Jahre hin und eigentlich bis heute.

Auch wenn Anfang August 1995 noch nicht alles in einem guten Zustand war, konnten wir doch mit den Anfangsbedingungen zufrieden sein.

Wir hatten unter anderem einen großen Vorzug gegenüber unserer vorherigen Wohnung und das war viel Platz. Dies war für uns wichtig, weil für eine Großfamilie nichts komplizierter ist, als zu wenig Platz zu haben, um sich auch einmal im Haus zurückziehen zu können.

Unser Konzept

Um ein Kinderhaus, nach unseren Vorstellungen zu realisieren, benötigt man natürlich ein klares Konzept und je mehr Unterschriften und Stempel darunter stehen, um so wirkungsvoller ist es.

Damals reichte zum Glück noch ein Schreiben mit unseren Vorstellungen. Das würde heute natürlich nicht mehr genügen, denn ganze Heerscharen von ausgefuchsten Theoretikern beschäftigen sich damit, wie eine sogenannte „Leistungsbeschreibung" auszusehen hat. Nebenbei erfolgen noch solche tollen Dinge, wie Qualitätsentwicklung und Qualitätskontrolle einer Jugendhilfeeinrichtung, in welcher Form auch immer. Im Endergebnis solcher Prozesse entstehen Berge von Berichten und Protokollen, die mit größter Wahrscheinlichkeit nicht wirklich jemand liest. Die daran beteiligten Theoretiker haben fast alle eins gemeinsam, ihre praktischen Erfahrungen liegen, wenn überhaupt vorhanden, Jahre zurück. Danach haben sie sich, die meisten von ihnen, in unendliche Höhen der Theorie begeben, ohne die Praxis der Gegenwart wirklich zu kennen. Das Ergebnis dessen ist, dass diese für die meisten der Praktiker auf Konferenzen, Kongressen und Beratungen mehr eine Last, als eine wirkliche Hilfe darstellen. Ich bin da nicht etwa der Meinung, dass eine vernünftige Arbeit in unserem Bereich nicht auch eine vernünftige Theorie zur Voraussetzung haben muss, aber was sich da zur Zeit abspielt, ist neben der ungenügenden Finanzierung einer der größten Totengräber der Jugendhilfe in Deutschland überhaupt.

Ich hatte vor der Entstehung unseres Hauses das Glück mehrere Monate als Erzieher in einer Kinderdorffamilie im „Westfälischen Kinderdorf Lipperland" arbeiten zu können. Dies war die beste Grundlage für unser Hauskonzept überhaupt. Die in Barntrup gesammelten Erfahrungen und vor allem das Kennenlernen der tausend kleinen Dingen des Alltags haben unser Konzept stark beeinflusst, sodass es heute noch unverändert Bestand hat.

Die Ausgangsbasis des Ganzen war und ist unsere Familie. Andrea geht weiter als Lehrerin arbeiten, zuerst im Nachbarort und seit einigen Jahren in K. W.. Ich als Angestellter unseres Trägers hatte alle familiären und häuslichen Fragen zu regeln.

Dies war und ist eine der wesentlichsten Abweichungen von üblichen Konzepte in diesen Projekten, denn in Deutschland ist es üblich, dass sich die Frau um solchen „Kram" zu kümmern hat. Aber warum soll das denn nicht auch einmal anders herum funktionieren?

Als Hilfen bekamen wir von Beginn an noch eine Hauswirtschaftskraft, welche stundenweise bei uns arbeitete und eine Erzieherin an die Seite gestellt, für sechs Pflegekinder mit all ihren Sorgen, Problemen und Erlebnissen. Da wir selbst zwei Kinder haben, wuchs unsere Familie schlagartig von vier auf zehn Personen an.

Nun mag sich jeder einmal vorstellen, wie es ihnen ergehen würde, wenn sie sich zu ihren eigenen Kindern noch weitere dazu holen würden und dazu auch noch Erwachsene kommen, die in der eigentlich eigenen heimischen Küche und der Wäsche herumwirtschaften. Die Einen mögen sagen, dass das wohl cool wäre, wegen der Arbeitsteilung, die Anderen denken aber dabei sicher auch an den sehr persönlichen Teil, den wohl jeder irgendwo für sich haben mag.

Unser guter Geist des Hauses, Frau M. ist meistens vormittags da und wirbelt, wenn die Kinder im Kindergarten oder in der Schule sind. Aber am Liebsten haben die Kinder es, wenn statt unserer Erzieherin Frau M. nachmittags für sie da ist. Nie gab es dabei Probleme, denn wenn sie da war, war es halt immer etwas ganz Besonderes und alle wollten es ihr so einfach wie möglich machen.

Mit den Jahren spielte sich alles so gut ein, dass es nur wenige Absprachen bedurfte, um mit Frau M. zusammenzuarbeiten. Sie musste an der einen oder anderen Stelle zur Zurückhaltung gemahnt werden, um den Kindern nicht zuviel abzunehmen. Aber so sind gute Geister nun einmal. Nur eins mochte sie nicht unbedingt tun und das war das tägliche Essen kochen. Nicht etwa, dass sie das nicht gekonnt hätte, aber vielleicht wollte sie einfach, dass ich auch etwas dazulerne, denn vom Kochen hatte ich überhaupt keine Ahnung. Da ich am Anfang gerade mal ein Spiegelei und vielleicht noch Bratkartoffeln braten konnte.

Anfänglich hatte Andrea noch die Idee am Tage vorher vorzukochen, was natürlich auf die Dauer unmöglich war und sich so auch nicht realisieren ließ.

Also blieb mir nichts anderes übrig, als mich selbst ans Kochen zu begeben. Was soviel hieß, wie das Kochbuch studieren und los. Das war gar nicht so einfach, den allein die einzelnen sogenannten Fachbegriffe, wie zum Beispiel „filetieren" oder „überbrühen", waren schon ziemlich kompliziert und ohne jede Vorstellung war das wirklich nicht leicht. Als Ergebnis entstanden dann auch mitunter tolle Sachen, aber Hungern brauchte zum Glück keiner von uns und siehe da, mit der Zeit wurden die Gerichte auch immer besser. Lachsfilet auf Porree oder Sauerkrautpfanne ist heute kein Problem mehr. Besonders gern koche ich sogenannte Eintöpfe. Dabei habe ich auch schon versucht aus mehreren Varianten, eine zu machen, oder etwas Neues zu entwickeln. Bei 10 Personen lohnt sich das Eintopfkochen natürlich richtig, auch wenn es immer aufwendig ist.

Besonders lecker ist die Sauerkrautpfanne, wo Kartoffelbrei im Wechsel mit Sauerkraut und gebratenen Hackepeter in einer Form oder Pfanne mit Käse überbacken wird.

Andrea hat sich mittlerweile auch daran gewöhnt, dass ihre Küche nicht mehr allein ihr Reich ist und sie es zwangsläufig mit uns teilen muss. Nur bei größeren Feiern lässt sie sich von uns nicht in den Topf schauen, dann dürfen wir lediglich helfen.

Die eigentlich einfachste und komplizierteste Rolle bei uns hat unsere Erzieherin. Denn zum einen findet sie in der gegenwärtigen Situation der stationären Jugendhilfe und selbst in den Kindertagesstätten kaum solche Arbeitsbedingungen als Erzieherin, wie in unserem Kinderhaus, und zum anderen ist sie aber immer eine, die von Außen als sogenannte Dritte dazu kommt und nicht mit im Haus wohnt. Dadurch bekommt sie nicht wirklich alles mit, was zum Beispiel passiert, wenn sie nicht da ist. Auch muss sie in ihren täglichen Entscheidungen so handeln, wie wir das für richtig halten. Das bekommen die Kinder ganz genau schnell mit und versuchen das natürlich zu ihren Gunsten auszunutzen, was aber nicht funktionieren sollte. Mit dieser Ausgangssituation können die Wenigsten umgehen und Konflikte zwischen den Erwachsenen bleiben dann nicht aus.

Anders lässt sich dies aber nicht regeln, da wir ja nun einmal in unserem Kinderhaus nicht „nur" arbeiten, sondern vor allem darin leben und bei unserer Erzieherin ist das umgekehrt.

Unsere Erzieherinnen

Bei der Suche nach einer Erzieherin, ein Erzieher kam für mich nicht in Frage, zur Eröffnung unseres Kinderhauses stießen wir auf Frau L.. Sie arbeitete in einem Kinderheim in der Nähe von K. W., welches im Herbst 1995 seine Tore für immer schließen sollte.

Sie war schon etwas älter, hatte jahrelange Erfahrungen im Umgang mit Kindern und war natürlich froh, gleich wieder eine Arbeitsstelle zu finden. Leider besaß sie keinen Führerschein, was jedoch im ersten Zeitraum nicht so dramatisch war und diesen nachzuholen sollte wohl auch möglich sein.

Gut war, dass sie Eric zu uns mitbrachte, der damit eine Bezugsperson hatte und den Wechsel zu uns leichter verarbeiten konnte, denn mit der Schließung des Heimes mussten auch alle Kinder anderweitig untergebracht werden. Sie kniete sich auch gleich voll rein in die Arbeit und das war gut so, denn gerade in unserer Anfangsphase war noch eine Menge zu tun.

Für unsere beiden Jungen war sie wie eine Oma, ging mit allen gleich liebevoll, aber konsequent um und passte unserer Meinung nach gut in unser Kinderhaus. Daraus entstanden wahrscheinlich ihre späteren Probleme. Sie selbst hatte einen schon erwachsenen Sohn und war bereits Oma, aber sie selbst war weder verheiratet noch hatte sie, eine richtig komplette Familie. Ob sie sich nun zu intensiv einbezogen fühlte, die allgemeine Arbeitsbeziehung zu eng wurde, oder aber ob sie ihre Führerscheinprüfung nicht bestanden hatte haben wir leider nie richtig erfahren. Sie verließ uns nach einem Jahr, offiziell weil sie ein finanziell wesentlich lukrativeres Angebot in Westdeutschland hatte.

Wir waren sehr traurig, weil sich die Zusammenarbeit mit ihr unserer Meinung nach gut entwickelt hatte und sie vor allem auf unsere Kinder eine guten Einfluss hatte und eine wesentlich beruhigende und gute Rolle spielte, aber es blieb uns nichts anderes übrig, als ihren Weggang zu akzeptieren.

Wir gingen also das erste Mal richtig auf die Suche nach einer neuen Kollegin. Das kam nach einem Jahr Kinderhaus reichlich früh, da wir selbst noch nicht angekommen waren, wo wir eigentlich hinwollten.

Mein Chef war dankbarerweise der Auffassung, dass wir bei der Auswahl der neuen Kollegin ein erhebliches Wort mitreden sollten, da diese doch uns direkt betraf. Niemals hätte ich mir vorher Träumen lassen, was da so auf mich zukam. Ich war ja bereits damals der Ansicht, dass bei der ständig wachsenden Arbeitslosigkeit eine große Auswahl Williger bereitstehen würden, um so eine Erzieherinnenstelle zu bekommen. Aber weit gefehlt. Eine ganze Menge von Bewerbungen gab es, nur unsere Arbeitsbedingungen gefielen nicht. Die Einen kamen mit der Arbeitszeit nicht klar, Andere hielten nichts von Hausarbeit oder gar Hausaufgaben, wieder Anderen war es undenkbar, uns als Familie einmal im Jahr für vierzehn Tage zu vertreten. Die absolute Krönung war aber ein Gespräch an einem Samstag Vormittag, als eine Bewerberin mir gleich zu Beginn offerierte, dass sie eigentlich gar nicht so recht mit mir reden könne, da sie vom Vorabend noch „einen Sitzen" hätte, also betrunken war. Das sagt jemand im ersten Gespräch auf seiner eventuellen, künftigen Arbeitsstelle!!!

Trotzdem mussten wir unter den Bewerberinnen auswählen und wir entschieden uns für D.. Sie war jung, schloss gerade ihre Ausbildung ab, war selbst ein Einzelkind, mit jemanden fest liiert, aber noch nicht verheiratet. Wir dachten, warum es nicht mit einer Absolventin, die am Beginn ihrer beruflichen Laufbahn steht versuchen, da ist es uns vielleicht möglich doch auf das Eine oder Andere Einfluss zu nehmen. Aber D. hatte von ihrem Leben ihre sehr selbstbewussten, eigenen Ansichten, welche sich leider nur um ein Zentrum dreht, nämlich um sie selbst. Alles hatte sich ihren Ansichten anzupassen, auch der Job, oder besser der Arbeitgeber.

Unser eigentlicher Fehler war, dass wir nach den sechs Monaten Probezeit nicht konsequent blieben. Wir hätten ihr raten sollen, dass sie sich bitte schön wo anders umsehen möge. Wir hoffen, immer noch darauf, dass sie sich im Laufe der Zeit entwickeln würde, unser Konzept auch für sich vollends akzeptieren könnte und mit ihrer Rolle als nur „Dritte" im Bund über kurz oder lang zurecht käme. Aber das ließ ihr Egozentrismus leider nicht zu. So kam es regelmäßig zu Auseinandersetzungen, welche mitunter ziemlich heftig waren. Dies bekamen natürlich auch alle Kinder mit und sie bekamen es auch deutlich von ihr zu spüren. Aber nie, wenn wir zu Hause, oder nur kurzfristig weg waren.

Nun ist es bei Pflegekindern häufig so, dass sie logischerweise das Bedürfnis haben, neue Bezugspersonen für sich zu erschließen und da der Wechsel von den eigenen Eltern zu uns bereits mit Verlusten für die Kinder zu tun hatte, hingen sie selbstverständlich an uns. Wir hatten ihnen die Anrede mit Mama und Papa freigestellt und niemals von ihnen verlangt und gern hätten sie uns wohl auch von Beginn an so angesprochen, aber unsere Kollegin D. tat alles und leider mit Erfolg, dass genau das die Kinder nicht taten. Wir seien doch nicht ihre richtigen Eltern und Mama und Papa sagt man nun einmal nur zu den eigenen Eltern. Heraus kam dies erst, als wir, bedingt durch D.'s Schwangerschaft eine Vertretung bekamen und nach zwei Wochen auf einmal uns alle Kinder, wie in einer normalen Familie ansprachen.

Regelrechte Horrorzeiten mussten unsere Kinder durchmachen, wenn wir selbst eine Woche oder zwei im Urlaub waren. Zum Glück war das nie länger. Kollegin D. nutzte dann diese Zeit voll aus. Arbeiten wurden oft nur nach dem Verteilungsprinzip geregelt, lediglich mit der eigenen Kontrollfunktion. Die eigene Wäsche wurde von zu Hause mitgebracht und bei uns gewaschen. Nicht aber etwa nur die Wäsche, die sie jeden Tag selbst getragen hat, sondern auch Bettwäsche und andere Wäsche von ihr ebenso.

Die Krönung des Ganzen waren aber drei andere Tatsachen:

Morgens nach dem Aufwachen ist es für jeden wohl natürlich, dass er zuerst zur Toilette muss, egal ob das 6:00 Uhr oder 8:00 Uhr ist. Dabei entstehen mitunter

Geräusche und auch Erwachsene können schon einmal davon munter werden, wenn ein Kind vielleicht einmal den Toilettendeckel fallen lässt, oder eine Tür lauter ins Schloss fällt. Das muss man ertragen können. Nicht aber Frau D.. Ihr Erzieherzimmer lag in der zweiten Etage, auf dem Flur der Kinder und da wurde das auf die Toilette gehen einfach untersagt, bis Madam erwacht war. Ein Glück nur für die Kinder, dass sie sich nicht immer daran hielten.

Ein Zweites war, wenn D. im Verlaufe des Tages einmal ihre Ruhe genießen wollte, wurden die Kinder nach draußen geschickt und die Tür einfach abgeschlossen, egal was für ein Wetter war.

Oder zum Dritten, wenn wir wieder vom Urlaub heimkehrten und sie mit den Kindern fern sah oder gerade gegessen wurde, durfte keines der Mädchen aufstehen, um uns zu begrüßen, oder uns gar freudestrahlend entgegenlaufen. Trixi hatte das einmal getan und bekam dies postwendend in den nächsten Tagen von ihr zu spüren.

Noch heute fragen wir uns oft, warum wir diese Signale nicht intensiver gespürt hatten. Wir merkten zwar, dass da irgendetwas nicht stimmt, aber wir konnten nicht herausbekommen, was es war. Erfahren haben wir das alles erst, als die Kinder wussten, dass D. nicht wieder als Erzieherin zu uns kommen würde. Sie erklärten, dass sie einfach Angst vor ihr gehabt hätten, wenn sie das nächste Mal mit ihnen allein gewesen wären. Waren wir anwesend, spielte das alles keine Rolle.

Ein besonderes Verhältnis entwickelte sie zu unseren drei Jungs im Haus. Die beiden Großen zogen es nach einer Weile vor, sie als nicht anwesend zu betrachten und Auseinandersetzungen mit ihnen ersparte sie sich, da sie von vornherein wusste, dass sie sich niemals hätte durchsetzen können. Bei unserem eigenen Mischa war das anders. Sie verlangte von ihm Gehorsam, war aber gleichzeitig nie bereit, mit ihm wirkliche Gespräche zu führen. Bei Differenzen mit ihr hatte Mischa, obwohl erst sieben Jahre alt, von sich aus einzulenken und auf D. zuzugehen. Funktionierte dies nicht und das funktionierte nie, bekamen wir prompt die Beschwerde über unseren unmöglichen Sohn auf den Tisch, was das Problem jedoch auch nicht löste.

Glücklicherweise wurde sie Anfang 2002 schwanger und behielt das Kind auch, obwohl sie es eigentlich gar nicht wollte. Damit konnten wir uns vorübergehend personell verändern. Aber nach dem immer mehr von den vorher beschriebenen Dingen bekannt wurde und auch wir eine mögliche Rückkehr von D. in unser Haus keineswegs positiv fanden, stand für uns fest, dass es eine Wiederkehr nicht geben würde.

Endlich schienen wir auch mit D.'s anfänglicher Vertretung Glück gehabt zu haben. Mandy war aus dem neuerlichen Topf der Bewerberinnen herausgefischt worden. Sie ist auch noch ziemlich jung und Berufsanfängerin, aber grundsätzlich ganz anders. Praktisch vom ersten Tag an fühlte sie sich hier bei uns wohl und arbeitete sich problemlos bei uns ein, auch wenn sie am Anfang nur als Vertretung für ein paar Monate geplant war. Sie akzeptierte von Beginn an ihre Rolle als Helferin in allen Lagen und die Kinder kamen sofort mit ihr zurecht. Selbst die drei Jungs akzeptieren sie. Keiner muss befürchten von ihr benachteiligt oder irgendwie gegängelt zu werden.

Auch Andrea, die sich in den letzten Monaten der Anwesenheit von D. zu Hause nicht mehr wohl gefühlt hatte, kommt gern wieder nach Hause und wenn wir jetzt ein paar Tage nicht zu Hause sind, fliegen uns alle wieder entgegen und freuen sich nicht nur, dass wir wieder da sind, sondern können das auch ganz offen zeigen. Auch brauchen wir uns von unserem Bekanntenkreis nicht mehr sagen zu lassen, dass deutlich zu spüren ist, dass wir nicht zu Hause waren.

Trixi zum Ersten

Wir kehren zurück ins Jahr 1995. Es war im August etwas Ruhe in unser Haus eingezogen, als eines Tages, mittags gegen 13:00 Uhr das Telefon läutete. Das war noch ein riesiges Gerät von Funktelefon, da die eigentliche Telefonleitung erst Monate später gezogen werden sollte. Im Haupthaus war eine Anfrage zur sogenannten Krisenintervention eingegangen. Krisenintervention heißt, dass in einer Familie kurzfristig ein erhebliches Problem aufgetreten ist und ein Kind so schnell wie möglich rausgenommen werden muss, um geschützt zu werden, oder einfach nur Unterkunft zu erhalten. Normalerweise war solch eine Intervention in unserer Konzeption nicht vorgesehen, aber in Anbetracht der Situation, dass ein kleines Mädchen, zwei Jahre und neun Monate alt dringend Hilfe brauchte, sagten wir schnell zu. Ihr Vater war durch einen Autounfall ums Leben gekommen und ihre Mutter durch Alkohol massiv gefährdet.

Wir konnten damals nicht wissen, welche Entwicklungen und tiefen Einschnitte in unserer Familie diese Zusage hinterlassen sollte.

Knapp drei Stunden später war Trixi da. Was wir da zu sehen bekamen, überstieg unsere Erwartungen bei weitem. Ein kleines, fast dürr zu bezeichnendes Mädchen, mit tiefen Augenringen, wie wir sie bei einem Kind in diesem Alter noch nie zuvor gesehen hatten, hing hilflos und verstört auf dem Arm einer Familienhelferin. Ängstlich schaute sie auf das Haus und der strahlende Sonnenschein machte ihr Äußeres noch blasser.

Ihr Zimmer war noch nicht einmal fertig eingeräumt, da wir mit so einer blitzartigen Aufnahme nicht gerechnet hatten, aber für Trixi war das kein Problem. Schon beim Aufbau des Bettes kletterte sie munter mittendrin herum und fasste das erste Zutrauen. Eine Eigenschaft, welche sie sehr schnell auch bei vollkommen fremden Erwachsenen zeigte und eigentlich erst viele Jahre später ablegen konnte.

Der Abschied von ihrer Mutter, die sie begleitet hatte, interessierte sie kaum noch, denn sie wusste ja, wo sie vorerst schlafen konnte. Ihre Mutter versuchte ihr noch zu sagen, dass sie sie bald wieder abholen würde, davon wollte Trixi aber gar nichts mehr wissen. Sie schien schon damals ihrer Mutter nicht mehr zu glauben. Zu diesem Zeitpunkt kannten wir Trixis Vorgeschichte nur bruchstückhaft und wussten somit auch nicht, dass wir bereits die dritte Pflegestelle in ihrem kurzen Leben waren.

Uns sprach Trixi sofort mit Mama und Papa an, ohne das diese Begriffe für sie eine inhaltliche, differenzierte Bedeutung gehabt hätten. Auch bei anderen Erwachsenen hatte sie keinerlei Schwierigkeiten mit deren Umgang. Von jedem ließ sie sich auf den Arm nehmen und mit jedem wäre sie wohl auch mit dem Auto mitgefahren. Fast wäre das auch einmal beim Einkaufen passiert. Ich hatte mich im Nachbarort in dem Penny Markt beim Einkaufen einmal kurz umgedreht und schon war Trixi weg. Sie hatte sich bei einem „Onkel" einfach an den Einkaufswagen gehängt und wollte schon zu ihm ins Auto steigen, was dieser zum Glück nicht zuließ.

In unserer Familie fühlte sie sich vom ersten Augenblick an einfach wohl. Nur wenn sie mitbekam, dass wir außerhalb des Hauses etwas zu erledigen hatten, ohne sie mitzunehmen, hatte sie sofort panische Angst. Sie dachte ständig, dass wir sie verlassen wollten und nicht wiederkommen würden.

Die Wochen vergingen wie im Fluge, aber es klärte sich einfach nicht ob Trixi länger oder ganz bleiben konnte und das schien sie zu spüren. So machte sie noch regelmäßig ins Bett, egal ob beim Mittagsschlaf oder nachts. Wir mussten sie wieder windeln, obwohl wir dies nicht wollten.

Besondere Angst hatte sie vor der Dusche. Sobald sie in der Wanne saß und Andrea oder ich zur Dusche griffen, brach sie in Panik aus. Sie schrie und wollte absolut nicht abgeduscht werden. Eigentlich ist das ja in dem Alter etwas, was Kinder ganz gern mögen, aber bei Trixi war das einfach anders. Lange brauchten wir, um die Ursache zu finden. Aber ihr Vater hatte sie oft mit der Dusche geschlagen, wenn sie wieder einmal unbequem war oder „genervt" hatte. Dadurch nahm sie natürlich an, dass Dusche und Schläge immer zusammengehören. Wir benötigten viel Zeit und fast unendlich Geduld, um sie vom Gegenteil zu überzeugen.

Endlich konnte sich das zuständige Jugendamt entscheiden. Trixi durfte bleiben und sogar für längere Zeit

Der Mutter wurde das sogenannte Aufenthaltsbestimmungsrecht entzogen, sodass ein Eingreifen von ihr vorerst nicht möglich war. Leider kam Trixis Mutter aber in die unmittelbar in unserer Nachbarschaft befindliche Klinik zum Entzug. Dadurch tauchte sie sporadisch bei uns auf, was uns ständig in Aufregung und in „Alarmbereitschaft" versetzte. Beide zeigten eigentlich kein rechtes Interesse aneinander und die Mutter wollte auch nicht wirklich wissen, wie es mit Trixi weitergehen sollte. Sie selbst war auch schon wieder schwanger und hatte sich nach dem Tod ihres Mannes sehr schnell einem anderen zugewandt.

Nach einiger Zeit konnte Trixi auch bereits schon in den Kindergarten gehen, was ihr unheimlich Spaß machte, zumal es derselbe war, den Mischa, unser Jüngster, besuchte. Sie wurden morgens hingebracht und mittags auch wieder gemeinsam abgeholt.

Gegen Ende des Jahres brachte Trixis Mutter zu ihren Besuchen auch noch ihren neuen Partner mit. Dem standen wir ziemlich hilflos gegenüber und wussten nicht so recht, wie wir uns verhalten sollten, zumal dieser recht anmaßend und fordernd auftrat. Trixi sollte ihn von Beginn an mit Papa ansprechen und sich auch gleich von ihm knuddeln und kuscheln lassen, was sie aber ablehnte.

Heute würde ich einen solchen besuch bei einem uns anvertrauten Kind nicht mehr zulassen.

Der neue Partner nahm das Heft des Handelns immer mehr in die Hand und spielte seine unrühmliche Rolle bis zum Ende voll aus.

Ein richtig schöner Lichtblick für Trixi waren ihre Großeltern. Sie wohnten im Nachbarort, nur wenige Kilometer entfernt und besuchten sie regelmäßig. Trixi freute sich wirklich jedes Mal, wenn sie kamen, zumal sie ihr immer eine Kleinigkeit mitbrachten. Oma und Opa wollten zu diesem Zeitpunkt auch, dass Trixi im Kinderhaus aufwachsen sollte, da sie schnell spürten, dass es ihrer Enkelin hier gut ging.

Anfang 1996 zog Trixis Mutter endgültig zu ihrem neuen Partner in Richtung Norden. Für uns hieß das zwar, dass die Besuche vorerst aufhörten, aber dafür wurde auch ein neues Jugendamt für Trixi zuständig.

Neue Zuständigkeiten von Jugendämtern bedeuten in den meisten Fällen neue Probleme, denn die sogenannten Zuzüge in einen Jugendamtsbereich werden häufig anders behandelt, als wenn die seit Jahren dort wohnten.

Erst einmal verging gut ein halbes Jahr, wo gar nichts passierte. Keine Mutter erschien, Oma und Opa kamen aber regelmäßig zu Besuch und Trixi lebte sichtlich auf. Irgendwann erfuhren wir, dass Trixis Mutter ein Mädchen entbunden hatte und bereits schon wieder schwanger war. Nach einiger Zeit tauchte sie nun wieder auf, was Trixi gar nicht gut bekam.

Kurz nach ihrem erneuten Besuch folgte die gemeinsame Hilfekonferenz, mit dem Alten und dem neuen Jugendamt. Erneut stellte sich heraus, dass Trixis Mutter eigentlich überhaupt kein Interesse hatte und der treibende Keil ihr Lebenspartner war. Keinen Jugendamtsvertreter kam das irgendwie seltsam vor und der „nette" Kollege, der jetzt für Trixi zuständig war, forderte einen zwingenden Plan zur Kontaktaufnahme zwischen Mutter und Kind ein. Dieser kam dann in der Beratung auch zustande, war aber vollkommen sinnlos, weil die Mutter sich nicht daran hielt.

Trixi selbst stand zwischen dem allen und verstand die Welt nicht mehr, denn sie hatte doch Mama und Papa und von denen wollte sie sowieso nicht weg.

Ihr Angstverhalten vom Anfang setzte wieder ein, auch ihre Alpträume traten wieder auf, aber es half nichts, sie und wir mussten mitspielen, wie es von offizieller Seite aus gewollt war.

Ich durfte sogar mit ihr zu einem Besuch zu Trixis Mutter fahren. Das Endergebnis war, dass Trixi da nicht mehr hin wollte.

Da wir in den Gesprächen und Telefonaten ständig mit dem „netten" Kollegen des zuständigen Jugendamtes im Streit lagen und auf seine rigorosen Forderungen nur sehr zögerlich eingingen wurde das Aufenthaltsbestimmungsrecht an uns vorbei der Mutter zurückübertragen und somit konnte sie wieder über alles bestimmen. Anfänglich war ihr das zum Glück nicht so ganz bewusst, denn sie selbst meldete sich eine ganze Weile wieder nicht mehr.

Anfang März 1997 bekam Trixi noch einen Bruder, was sie aber kaum registrierte. Für das Jugendamt schien das aber jetzt das Signal zu sein, für das Kind und sein Recht massiv einzutreten. Wir wurden Ende März zum Gespräch beordert und hatten Trixi auf Anweisung mitzubringen. Gleichzeitig wurde uns übermittelt, dass sie gleich zu einer längeren Beurlaubung vorzubereiten sei. Die Worte des „netten" Herren waren: "Wenn es bis jetzt nicht ging, muss es eben mit aller Gewalt gehen." – Philosophie des zuständigen Jugendamtes!

Also fuhren unsere Psychologin, Trixi und ich am Morgen des vereinbarten Termins zu Hause los. Sinnigerweise spielte genau in dem Moment als wir den Hof verließen das Autoradio den Titel „Time to say good by" und unserer Mama war beim Winken ganz komisch zumute.

Die Atmosphäre, die uns beim Gespräch entgegenschlug, war äußerst frostig, denn wir waren ja die, die Trixi unbedingt festhalten wollten und das musste unbedingt verhindert werden. Aus dieser Ansicht heraus war wohl auch der Plan entstanden, Trixi so schnell wie möglich zu ihrer Mutter zu entlassen. Daran änderte sich auch nichts, als ich Trixis Situation schilderte und die beiden noch anwesenden Kolleginnen unseres „netten" Herrn Sachbearbeiters erfuhren, dass er sie wissentlich falsch informiert hatte.

Aber da bekanntermaßen eine Krähe der anderen kein Auge aushackt, passierte vorerst nichts Wesentliches. Wir konnten lediglich erreichen, dass Trixi erst einmal nur für vier Tage beurlaubt wurde und danach über ein halbes Jahr die Entlassung vorzubereiten wäre.

Stellen sie sich das bitte einmal vor, Trixi, mittlerweile 4,5 Jahre alt hatte in den letzten neunzehn Monaten ihre Mutter nur einige wenige Male in unserem Beisein gesehen, hatte weder zum Lebenspartner der

Mutter, noch zu ihren Geschwistern irgendeine Beziehung und sollte, obwohl sie unter massiver Trennungsangst leidet, so Knall und Fall zur Mutter beurlaubt werden. Wir konnten es nicht fassen.

Der eigentliche Hintergrund war aber ein ganz anderer. Es ging im Prinzip gar nicht um Trixi. Das für sie jetzt zuständige Jugendamt stand schon damals kurz vor der Zahlungsunfähigkeit und da musste ein massives Sparpotential gefunden werden. Also war das Ziel der Sachbearbeiter so viele Kinder aus den Betreuungssituationen heraus zu nehmen, wie nur irgendwie möglich war. Da Trixi das Pech hatte, dass sie in den Amtsbereich zugezogen war, stellte sie für die dort Verantwortlichen nur eine zusätzliche Last dar und war damit eine der Ersten, die es traf. Dagegen etwas zu tun hatten wir keine Chance, denn in diesem Moment lagen alle Möglichkeiten der Entscheidung nicht in unserer Hand.

Also fuhren wir ohne Trixi wieder nach Hause und hofften, dass sie die vier Tage gut überstehen würde. Aber denkste, der Schock kam zwei Tage später. Trixi war endgültig zur Mutter entlassen und sollte gar nicht mehr zurückkehren.

Makabererweise erfuhren wir die endgültige Entscheidung am ersten April. Es war aber leider kein Aprilscherz.

Was konnten wir da tun? Wahrscheinlich gar nichts mehr. Jetzt standen auf der einen Seite mittlerweile unsere sieben Kinder, denen wir erklären mussten warum aus einem vier Tage Urlaub eine Entlassung wurde und auf der anderen Seite stand Trixi, ein erneut von den Erwachsenen belogenes und betrogenes Kind mit dem X-ten Beziehungsabbruch, in nicht einmal fünf Jahren Lebenszeit, mit dem erneuten Gefühl von ihren Hauptbezugspersonen der letzten Jahre, ihren gewünschten Eltern von heute auf Morgen getrennt worden zu sein. Sie schleppte von diesem Tag an ein noch größeres Paket an Unsicherheit, Desorientierung und vollständiger Lebensveränderung, ohne jegliche Vorbereitung mit sich herum. Wem sollte sie noch glauben? Da war wohl eine psychische Schädigung nicht mehr auszuschließen.

Was aber war mit Andrea und mir? Wir liebten sie doch, so wie sie war und wir hatten doch immer nur das Beste für sie gewollt. Konnten wir das überhaupt aushalten oder sollten wir doch sagen: „Hier ist Schluss – wir können nicht mehr!" Wir waren ratlos und verzweifelt.

Sicher mögen jetzt viele sagen, das wir das einfach auszuhalten haben, da wir ja mit so etwas ständig rechnen müssen, aber das dann wirklich zu erleben ist viel brutaler, als wenn man sich nur theoretisch darauf vorbereitet.

Es gab in dieser Situation nur einen wirklichen „Sieger", nämlich der „nette" Herr aus dem Jugendamt. An ihm ging dies alles spurlos vorüber und er konnte auch fleißig weiter das Leben von unschuldigen Kindern in dieser Art und Weise zerstören. Er besaß sogar Jahre später die Frechheit bei uns nach einer möglichen Belegung nachzufragen.

Einmal noch begegnete ich ihm persönlich. Es war zu einer Weiterbildung, welche er in der ersten Pause ziemlich schnell verließ, da er zu ahnen schien, dass ich dort die Gelegenheit der Öffentlichkeit genutzt hätte, um ihn an den Pranger zu stellen.

Dennoch, das Hauptopfer war Trixi und als sie siebzehn Monate später zu uns zurückkehrte, war sie nicht mehr die Trixi von 1995. Aber dazu später.

Wir

Es war Ende September 1995. In unserem Haus lebten zu diesem Zeitpunkt erst zwei Pflegekinder mit uns gemeinsam, aber trotzdem waren wir mehr als urlaubsreif. Seit Februar bauten und werkelten wir am Haus herum, die gesamten Sommerferien nahm das in Anspruch und Andrea ging schon seit Wochen wieder in ihre Schule im Nachbarort. Sie war von je her mit Leib und Seele Lehrerin und hatte dafür nach der Wende sogar noch einmal ein Studium aufgenommen, damit sie auch Informatik unterrichten kann.

Während sich in den ersten Jahren nach der Wende die Schulsituation scheinbar kaum veränderte, begann aber langsam ein Abbau des Niveaus, der von Jahr zu Jahr ein immer schnelleres Tempo annahm. Heute ist es schon so weit, dass dieser Zustand als dramatisch zu bezeichnen ist und das Bemerkenswerteste daran ist, dass die Politik darin nichts Negatives sieht.

Dass ich selbst einmal in der Pädagogik landen würde, hätte ich eigentlich nie für möglich gehalten, aber durch Zufall bin ich 1990 in einem Sonderschulheim für Verhaltensgestörte gelandet und über eine kurze Arbeitszeit im dortigen Büro in eine Gruppe als Erzieher ohne Ausbildung eingesetzt worden.

Zum Glück konnte ich noch vor der Wiedervereinigung eine Fachschulausbildung zum staatlich anerkannten Erzieher beginnen.

Diese konnte ich auch im Zeitraum meiner vorübergehenden Tätigkeit in den alten Bundesländern fortsetzen und somit hielt ich 1994 einen „ordentlichen" Westabschluss mit 18 Monaten Erfahrung in dem Bereich Deutschlands, wo angeblich alles besser gemacht wird, in der Hand.

Eigentlich sind Andrea und ich aus Leipzig, aber zu DDR Zeiten war es nach einem abgeschlossenen Studium so, das der Absolvent einen anfänglichen Einsatzort entsprechend den Notwendigkeiten und seiner Ausbildung zugewiesen bekam. Wir wurden Beide in dem damaligen Bezirk Potsdam eingesetzt. Dort arbeiten und wohnen wir noch heute.

Gleich zu Arbeitsbeginn von Andrea kam unser Großer, Lukas zur Welt und im August 1989 Mischa.

Obwohl wir aus der Großstadt kamen, konnten wir uns doch recht schnell im kleinen Dorf L. eingewöhnen. L. hatte damals 289 Einwohner und es gab dort solche Sprüche, wie: „Dienstags kommt Dallas, Mittwoch Denver und Donnerstags gibt es im Dorfkonsum Fleisch!" Den Dorfkonsum gibt es heute nicht mehr und auch L. hat sich mächtig verändert.

Die Gegend gefiel uns von Anfang an und wir hatten nicht einmal in den Zeiten, als viele aus der Region wegrannten, ernsthaft Gedanken daran verschwendet, hier wegzugehen. Selbst als wir 1994 ein lukratives Angebot im westfälischen Kinderdorf in Barntrup erhalten hatten, verzichteten wir. Wir fühlten uns einfach zu wohl und hatten uns eingelebt. Der Umzug von L. nach T. war für uns nicht allzu beschwerlich, da die Orte nicht weit voneinander entfernt liegen. Mischa hatte aber doch einige Probleme mehr. Für ihn war es schwer, sich aus seiner gewohnten Umgebung zu verabschieden und in dem neuen, großen Haus anzukommen.

Unsere beiden Jungs forderten uns praktisch vom ersten Tag ihrer Existenz. Munter, lustig und auch immer bereit jeden nur denkbaren Blödsinn zu machen, wuchsen sie doch wohl geborgen auf.

Obwohl sie heute schon den Kinderschuhen entwachsen sind, können wir immer noch offen miteinander über alles reden und uns in die Augen schauen, was ja in vielen Familien heutzutage gar nicht mehr so einfach möglich ist.

Für Lukas war die Schule vom ersten Jahr an wohl eher ein Testgelände zur Prüfung der Nervenbelastbarkeit der Lehrer, als eine wirkliche Herausforderung. Das war für Andrea besonders erbaulich, da sie ja an derselben Schule unterrichtete, wenn auch ein paar Klassenstufen höher. Da wurden für sie die Pausen mitunter zur Jammerveranstaltung einiger Kolleginnen, die ihr brühwarm sämtliche Stories unseres Juniors auftischten. Zum Glück hatte er mit den schulischen Anforderungen der damals noch ziemlich guten Grundschule nie Probleme. Folgerichtig ging Lukas dann als Erster von unseren acht Kindern nach K. W. aufs Gymnasium.

Mischa nahm die Schule schon etwas ernster, ließ aber dafür wohl eher zu Hause die Tassen fliegen. Er wurde erst im Kinderhaus eingeschult.

Wir hatten uns erbeten, dass das Alter der von uns aufzunehmenden Kinder das von Lukas nach Möglichkeit nicht übersteigen sollte, was auch im wesentlichen eingehalten wurde. Das sollte zum einen unsere eigene Eingewöhnung in dem Familienwachstum erleichtern und zum anderen wenigstens Lukas das Gefühl geben, der Älteste unter den Kindern zu sein. Damit stand er der „wilden Horde" schon einmal altersmäßig vor. Mischa dagegen war mit seinen sechs Jahren mittendrin und da waren wohl Probleme vorprogrammiert. Wir sahen diese zu Beginn aber eigentlich nicht so sehr und mussten im Laufe der Zeit erfahren, dass sich Mischa gefühlsmäßig nicht so schnell eingewöhnen konnte. Er hatte auch seine Schwierigkeiten seine Gefühle zu beschreiben. Irgendetwas in seinem kleinen Herzen spielte seelisch nicht so richtig mit. Wir hatten zwar schon mit der Auswahl seines Zimmers in der Nähe unseres Schlafzimmers versucht, einiges abzufangen, was uns aber lange Zeit nicht so recht gelingen wollte. So konnten wir anfänglich nicht an unserer alten Wohnung in L. vorbeifahren, ohne das es ihm dabei richtig schlecht ging und auch das Teilen von Mama und Papa mit anderen, fremden Kindern war lange Zeit ein großes Problem für ihn. Erst ganz langsam und allmählich kam er besser damit zu Recht und zog dann auch zu den Anderen in die erste Etage um.

Zwei wesentliche Vorteile hatte unser Umzug ins Kinderhaus aber doch. Wir zogen aus einer ziemlich verwinkelten 65m² kleinen Wohnung in ein großes Haus und für unsere eigenen Jungs war die notwendige Zeiteinteilung eine ganz andere, viel bessere. Es war immer ein Erwachsener für sie ansprechbar, obwohl beide Elternteile voll berufstätig waren. So konnte ich auch beide bei ihrem einstieg in den Fußballverein begleiten und Mischa direkt auf seinen Weg bis zur Männermannschaft des Vereins begleiten, was zum Beispiel im Schichtdienst undenkbar gewesen wäre.

Für Andrea und mich bleibt bei allem für und wider zu hoffen, dass die Beiden, wenn sie erwachsen sind, nicht mit Bitterkeit auf ihre Kindheit zurückschauen und uns nicht vorwerfen, was wir ihnen mit dem Leben im Kinderhaus angetan haben.

Manu

Irgendwie stockte das Interesse der Jugendämter an uns ganz schön. Für 1995 waren wir wohl auch mit unserem Konzept ganz neu in Brandenburg und wie das bei allem Neuen so ist, braucht auch dies eine gewisse Anlaufzeit.

Anfänglich ließ uns unser Träger diese auch. Bald mussten wir andere als von uns konzeptionell gedachte Wege gehen. Unsere Absicht nur familiengelöste Kinder oder Vollwaisen aufzunehmen, gaben wir schnell auf. Diese Kinder werden in noch kleinere Pflegenester oder gar Familien gegeben, die ein oder zwei Pflegekinder aufnehmen wollen.

In der Zeit vor der Gründung des Kinderhauses hatte ich in der Jugendwohngruppe im Stammhaus einen schon fast erwachsenen Jungen, der zu Hause einen kleinen Bruder von 18 Monaten hatte, welcher von der Hautfarbe richtig dunkel war, denn sein Vater kam aus Afrika und der die Mutter nur geheiratet, um in Deutschland bleiben zu können. Sie sollte im Herbst 1995 für ca. 12 Wochen zur Kur und niemand wusste, wo Manu der kleine Afrikaner bleiben sollte. Also sprangen wir ein, natürlich mit Zustimmung des zuständigen Jugendamtes. Na das war eine Freude. Manu zog bei Trixi ein und obwohl er weder auf den Topf sitzen konnte und noch nicht richtig die fertig gemachten Häppchen aß, war er doch ein ganz pfiffiger. Das die Stäbe an seinem Kinderbett herauszunehmen gingen, bekam er ganz schnell mit und seine Lieblingsbeschäftigung in der Krabbelbox war zu warten bis Trixi vorbei kam, damit er ihr von hinten mit dem Kuscheltier einen Hieb mitgeben konnte. Das war dann ein Gekreische. Wir schlossen den kleinen Kerl schnell ins Herz und genauso schnell lernte er auch selbständig Essen und das auf den Topf gehen. Alle spielten gern mit ihm und hatten ihn einfach lieb. Nur unser Umfeld reagierte etwas seltsam pikiert, denn er war richtig dunkel. Wenn Andrea oder ich mit ihm zum Beispiel bei einem Arzt auftauchten verstummten die Gespräche und die Köpfe gingen zum Tuscheln zusammen, zumal wir zwei niemals gemeinsam mit Manu beim Arzt waren. Obwohl das biologisch und vom Zeitraum her gar nicht möglich gewesen wäre, haben doch einige ernsthaft geglaubt, dass Manu unser leiblicher Sohn sei. Nach anfänglicher Verwunderung war uns das aber egal und später haben wir sogar damit etwas gespielt und uns köstlich über die Leute amüsiert. Manu war das sowieso egal und er hat die stetige Aufmerksamkeit durchaus genossen.

Wie das im Spätherbst zu erwarten ist, schneite es eines Tages ziemlich heftig. Alles war weiß und vollkommen anders und Manu hatte so etwas noch nie bewusst erlebt. Seine Augen wurden immer größer und richtig getraut hat er sich zum Anfang auch nicht den Schnee anzufassen. Dann wurden die Augen noch größer, wenn der Schnee in seiner Hand einfach so wegtaute und richtig schmecken wollte das weiße Zeug auch nicht.

Leider war das viertel Jahr viel zu kurz und seine leiblichen Eltern holten ihn wieder ab. Obwohl das von vornherein geplant war, tat es doch weh.

Für uns ist es üblich, das wir niemals hinter den Kindern, die kurzzeitig bei uns waren hinterher telefonieren, was mit ihnen geworden ist. Wir möchten uns nicht einfach nachträglich in die Familien hineindrängen. Deshalb erfuhren wir auch leider nie, was aus Manu geworden ist. Sicher sind wir darüber Traurig, aber es muss uns einfach gelingen unter solch kurzfristigen Hilfen auch ein Schlussstrich zu ziehen.

Weihnachten

Unser erstes Weihnachten im neuen Haus rückte langsam näher. Der gesponserte Weihnachtsbaum hatte eher den Charme eines verhinderten Regenschirms und auch sonst war alles etwas anders wie die vergangenen Jahre, denn im Haus war noch immer eine Menge zu tun, um den wohnlichen Zustand zu erreichen, den wir uns vorgestellt hatten. Auch waren wir noch lange nicht wirklich angekommen, in unserem Kinderhaus, was vielleicht auch normal war. Zu extrem waren für uns die Veränderungen, die unsere Familie vollziehen musste. Zu groß war der Druck, dem wir uns selbst aussetzten, um alles zum Guten zu führen. Zu wenig hatten wir es im ersten halben Jahr geschafft, von den Jugendämtern als festes Angebot angenommen zu werden. Wir waren mit zwei belegten Plätzen von sechs Möglichen unterbelegt und damit für unseren Träger unökonomisch.

Welch ein Glück hatten wir da mit der Geduld meiner Chefs, damit wir in Ruhe und stetig wachsen konnten. Es sollte noch bis Mai 1998 dauern, bis wir alle Plätze auf Dauer belegen konnten. Aber ich denke, dass sich diese Geduld letztenendes doch ausgezahlt hat.

Trotzdem versuchten wir aus dem ersten Weihnachtsfest das Beste zu machen und es bleibt in unserer angenehmen Erinnerung, auch wenn spätere Weihnachtsfeste wesentlich schöner waren, weil wir dann wirklich in unserem Kinderhaus wohnten und vor allem lebten.

Sabine

Anfang Dezember 1995 hatte sich endlich wieder einmal Zuwachs bei uns angemeldet. Sabine war bei einer Pflegefamilie, die unbedingt zu drei eigenen Kindern noch ein Viertes haben wollte. Also bewarben sie sich beim Jugendamt und bekamen Sabine zugeteilt. Leider kamen sie aber mit den ständigen Eingriffen der Mutter von Sabine in ihr Familienleben nicht klar, sodass sie das Mädchen wieder abgeben wollten. Als Lösung sollten wir helfen, weil die Hoffnung bestand, dass wir mit ihr und ihren Problemen besser zurechtkommen würden und Sabine ein Beständiges zu Hause erhalten könnte.

Also fuhr ich mit unserer Psychologin zu ihr, um den ersten Kontakt aufzunehmen. Dabei wurde schnell klar, dass sie sehr wohl wusste, warum wir zu Besuch kamen. Ich werde das Bild nicht vergessen, als sie kopfüber durch eine Treppe schaute, ihre Haare vorn gerade selbst abgeschnitten, keine Schneidezähne mehr im Mund, da diese vom verzehr vieler Süßigkeiten regelrecht abgefault waren und gezogen werden mussten und ahnungsvoll sagte: „Ich weiß genau, es geht um mich!"

Was hatte sie aber auch schon für eine Geschichte hinter sich. Bereits vier Wochen nach ihrer Geburt wurde sie von ihrer Mutter das erste Mal verlassen und ihre Oma und Uroma mussten sich um sie kümmern. Unter solchen Umständen, die man eigentlich niemals hätte zulassen dürfen. Dabei hatte sie das sagenhafte Glück bei den im Haus ihrer Oma herrschenden unmöglichen hygienischen Bedingungen nicht körperlich ernsthaft oder gar dauerhaftes Leid davon tragen zu müssen.

Ihre gesamte Kindheit bis zur Einschulung war von Katastrophen durchzogen. Ein ständiger Wechsel von Mutter zur Oma, neue Kerle bei Mutter in großer Zahl und damit verbunden ein ständiger Wohnungswechsel begleitete sie in dieser Zeit. Aber Sabine überstand das alles, allerdings wie sie das geschafft hat bleibt uns bis heute ein Rätsel. Sabines Mutter, wohl selbst mit einer traumatischen Kindheit behaftet, wurde von ihrem Umfeld stets falsch verstanden und die Männer nutzten sie ihrer Meinung nach auch ständig nur aus. Dazu kamen noch ihre sexuellen Bedürfnisse, die mehr als heftig gewesen sein müssen. Klappte einmal wieder gar nichts mehr, wurde schnell ein Selbstmordversuch vorgetäuscht. Selbstverständlich immer so, dass zur rechten Zeit jemand kam und sie rettete. Dann hatte sie wieder ihre Aufmerksamkeit, die sie so dringend zu benötigen schien. Dabei schreckte sie nicht davor zurück, diese Attacken auf ihr eigenes Leben im beisein von Sabine zu vollziehen. So stand sie eines Tages mit zwei aufgeschnittenen Pulsadern vor ihr und versuchte Sabine klar zu machen, dass sie nicht mehr leben wolle. Doch ihre Tochter, noch nicht sechs Jahre alt, rettete ihr das Leben, indem sie einfach losstürmte und Hilfe holte. Das prägte sie natürlich stark, auch noch, nachdem sie bei uns war. Stets war sie beunruhigt, wenn sie länger nichts von ihrer Mutter gehört hatte und das kam öfter vor. Sie fühlte sich ihr gegenüber einfach verantwortlich. Eine Verantwortung die ein Mädchen in diesem Alter wohl kaum tragen kann. Endlich beendete das Jugendamt diesen Zustand und Sabine kam in eine Pflegefamilie. Da sie mittlerweile in die Schule ging, hatte sie nach wenigen Wochen bereits den ersten Schulwechsel, welchem gleich Anfang 1996 der Zweite folgte, als Sabine zu uns kam. Doch das verkraftete sie erstaunlich gut, denn ihre Ergebnisse in der Schule haben nie darunter gelitten. Heute besucht sie dasselbe Gymnasium in K. W. wie unser Lukas und Mischa und ist gerade dabei, sich von einer Ebene der Schulolympiaden in Biologie in die Nächste vorzukämpfen und das mit wachsendem Erfolg.

Wäre sie bei ihrer Mutter geblieben, hätte sie mittlerweile schon den achten oder neunten Schulwechsel hinter sich gehabt und ob sie das verkraftet hätte, neben dem vielen Ärger mit ihrer Mutter, dürfte anzuzweifeln sein. Natürlich gingen die Turbolenzen nicht spurlos an ihr vorbei. So fiel es ihr sichtlich schwer, Gefühle zu zeigen und auch einmal nach außen hin zu verdeutlichen, wie es ihr ging. Dies macht ihr selbst heute noch Schwierigkeiten, aber das Schlimmste an der ganzen Sache war, dass sie bei Problemen extrem über ihren Körper reagierte. Sie konnte innerhalb kürzester Zeit richtig krank werden und meinte, dass das nicht von ihr selbst ausging.

So mussten wir sie gleich in der ersten Woche, in die Kinderklinik nach Berlin-Buch bringen. Eine ziemlich verzwickte Situation, denn wir kannten uns kaum und Berlin-Buch liegt 70 km von uns entfernt.

Es war für uns einfach nicht möglich, jeden Tag hinzufahren, aber auch damit ging Sabine souverän um und somit bekamen wir auch das gemeinsam in den Griff.

Da sie recht zugeknöpft war und eigentlich viel lieber bei ihrer vorherigen Familie geblieben wäre, lebte sie sich nur sehr schwer nach der Entlassung aus dem Krankenhaus bei uns ein. Ihre inszenierten Krankheiten machten es allen auch nicht leichter, aber so war die Situation mit der wir fertig werden mussten.

Auch unser Mischa reagierte recht heftig auf Sabine. Waren sie beide allein gab es eigentlich keine Probleme, aber sowie ein drittes Kind dazu kam, war es aus. Mischa begann sofort zu piesacken und keiner konnte sich erklären, warum er das eigentlich tat.

Am Besten ging es Sabine immer dann, wenn sich ihre Mutter eine ganze Weile nicht meldete. Anfänglich war sie dann zwar etwas beunruhigt, aber das legte sich, je länger sie nichts von ihr hörte. Leider tauchte ihre Mutter dann irgendwann doch wieder auf, was Sabines Gefühle stets aufs Neue durcheinander brachte.

Glücklicherweise reagierte Sabines zuständiges Jugendamt auf diesen ständigen Wechsel und erreichte beim Amtsgericht, das uns die Pflegschaft übertragen wurde. Eine sehr gute Entscheidung, die sich später noch einmal positiv auswirkte.

In der Zeit wo sich Sabines Mutter länger nicht meldete waren die Kontakte zur Oma und Uroma die einzigen Verbindungen zu ihrer Herkunftsfamilie. Sie kamen relativ regelmäßig zu Besuch, da wir Sabine ins Haus der Oma wirklich nicht für länger lassen konnten. Dennoch unternahmen wir einen Versuch. Ich fuhr mit ihr zur Oma nach Hause. Was ich da zu sehen bekam, hätte ich noch nicht einmal im Traum für möglich gehalten. So einen verkeimten und verdreckten Haushalt kann man sich wirklich nicht vorstellen und das, obwohl da zwei Frauen lebten. Eine Wohnung oder ein Haus kann ja durchaus einfach und ohne größeren Komfort eingerichtet sein, aber das es in diesem Umfang verdreckt und vermocht ist, sollte auch bei aller Einfachheit nicht möglich sein.

Leider wurde Sabines Uroma unerwartet krank und sie erholte sich nicht wieder. Als sie verstarb, hinterließ sie Sabine zwei Dinge. Das Erste war ein Ableger eines Pfirsichbaums, der in unserem Garten prächtig herangewachsen ist und von dem wir im letzten Jahr reichlich Pfirsiche essen konnten. Das Zweite war ihr Wunsch, dass Sabine bei uns aufwachsen möge. Sie hatte von den drei Frauen noch den meisten Durchblick, was das Wohlergehen ihrer Urenkelin gut sei.

Sabine hatte am Tod ihrer Uroma schwer zu tragen, zumal sich immer mehr zeigte, dass wohl die Oma nur aufgrund des Drucks von Uroma zu uns kam, denn sie zog sich immer mehr zurück und brachte es sogar fertig, die Schuld dafür Sabine in die Schuhe zu schieben.

Sabines Mutter schien das Vagabundenleben mittlerweile auch satt zu haben und es machte ihr keinen Spaß mehr, immer nur mit einem Koffer und ein paar Taschen von einem Kerl zum Nächsten zu ziehen.

Per Annonce lernte sie jemand in K. kennen. K. lag für uns ungünstigerweise in einem anderen Bundesland, was für uns wieder einmal Probleme mit einem Wechsel der Zuständigkeit der Ämter bedeutet hätte. Zum Glück war aber Sabine bei uns amtlich in Pflegschaft und damit war der Lebensmittelpunkt Sabines entscheidend, welcher eindeutig bei uns liegt.

Also, diesmal glücklicherweise kein Stress oder endlose Diskussionen mit neuen zuständigen Sachbearbeitern, sondern kontinuierliche Weiterarbeit mit denjenigen, mit denen wir bisher zusammen gearbeitet haben. Diese Zusammenarbeit war wirklich gut und auch wenn es jetzt immer schwieriger werden sollte, Kostenfragen zufriedenstellend zu klären, wurde bis jetzt an Sabines Status quo nicht gerüttelt und wir hoffen natürlich, dass das auch so bleibt. So konnten mit Sabines Sozialarbeiterin Probleme und Fragen stets direkt geklärt und Absprachen nach einer Anhörung aller Seiten getroffen werden und dabei stand Sabine auch wirklich stets im Mittelpunkt und nicht irgendwelche sinnlosen Experimente und Versuche aus finanziellen oder ähnlichen Gründen, wie wir das schon schmerzhaft bei Trixi erlebt haben. Auch war dabei die Taktik von Sabines Mutter bekannt, wenn sie etwas vom Jugendamt wollte. Dann tauchte sie nämlich zumeist mit einem Blumenstrauß oder einer Schachtel Konfekt im Amt auf und raspelte so lange Süßholz, bis sie merkte, dass sie wieder einmal nicht durchkam. Dann rastete sie so richtig aus, was ihr aber auch nicht weiterhalf.

Die Jahre flogen schnell dahin und Sabine kam in die 6. Klasse. Ihre Mutter zog bereits vorher zu ihrem jetzigen Lebenspartner nach K. und brachte dort einen Jungen zur Welt. Eine durchschaubare Taktik, um den jetzigen Mann zu binden und die Voraussetzung für eine mögliche Rückkehr von Sabine zu schaffen. 6.Klasse bedeutet in Brandenburg das sich der weitere Schulweg das erste Mal entscheidet und das hieß für Sabine konkret entweder Gymnasium, Realschule oder Gesamtschule. Damit kamen wir wieder einmal an einen Punkt, wo entschieden werden musste, wie es mit Sabine weitergeht. Wir waren der Auffassung, dass sich bei den guten Leistungen in der Schule schon klar war, dass Sabine auf ein Gymnasium zu schicken ist. Da sie und ihre leibliche Mutter in zwei verschiedenen Bundesländern lebten und die Schulsysteme in Deutschland aufgrund der auf diesem gebiet noch herrschenden Kleinstaaterei nicht zueinander passen, musste gleich klargestellt werden, ob sie das Abitur in Brandenburg oder in Sachsen Anhalt ablegen sollte. Ein Wechsel im Verlaufe des Gymnasiumsbesuchs würde für Sabine alles nur unnötig erschweren. Also ergriffen wir die Initiative und brachten selbst ins Gespräch, dass mit dem Übergang in die 7.Klasse eine längerfristige Entscheidung herbeigeführt werden müsste. Alle sahen das ein und so wurde abgesprochen, dass Sabine selbst die Entscheidung zum Schuljahreshalbjahr treffen sollte, wo sie ab Herbst leben wollte. Diese Entscheidung mag auf dem ersten Blick von ihr ziemlich viel abverlangen, aber wir schätzten ein, dass Sabine, welche nun schon seit fünf Jahren bei uns lebte durchaus in der Lage war, diese Entscheidung für sich zu treffen. Mit den Erwachsenen mag das nicht so einfach sein. Teil unserer Abmachung war, dass jede Seite Sabines Entscheidung zu akzeptieren habe, egal wie diese auch ausfällt. Wir stellten sie so ein, dass sie in dieser Frage wirklich einmal nur an sich selbst denken und uns und ihre Mutter außen vor lassen sollte. Trotzdem war dies eine Aufgabe, die sie mächtig in Zugzwang brachte. Natürlich war das auch für uns eine komplizierte Situation, denn schließlich hatten wir uns die vergangenen Jahre um Sabine gekümmert, ihre Grundschulzeit begleitet und auch eine ganze Menge mit ihr erlebt. Dies gehört aber doch zu unserer Aufgabe, die Kinder eine gewisse Zeit zu begleiten, mit ihnen gemeinsam zu leben und für sie einfach nur da zu sein. Ging diese Zeit, durch welche Entscheidung auch immer zu Ende durften und konnten wir auch dies nur soweit mitgestalten, das der Übergang der Kinder in ihr weiteres Leben möglichst reibungslos abläuft.

Dies mag rau und herzlos klingen, ist aber eben letztenendes Teil der von uns mit dem Kinderhaus übernommenen Aufgaben. Sabine brauchte zu diesem Zeitpunkt einfach eine längere Perspektive, um die Gymnasiumszeit in Ruhe angehen zu können.

Für Sabines Mutter und ihren Partner war eigentlich von vornherein alles klar. In typischer Selbstsicherheit und Selbstüberschätzung gab es für sie Ende der 6.Klasse nur eine Entscheidung, nämlich das Sabine bei ihnen leben würde. Skepsis und Warnungen unsererseits interessierten dabei überhaupt nicht. Sabines Mutter war angeblich sogar schon beim Gymnasiumsdirektor in K., um den Platz für ihre Tochter anzumelden. Auch in eine neue, größere Wohnung waren sie in K. umgezogen, obwohl sie nur ein geregeltes Einkommen hatten und Sabines Mutter nicht einmal Sozialhilfe beziehen konnte, da sie eheähnlich zusammenlebten.

Ich hatte vor den Winterferien 2001 einen Termin mit der zuständigen Sozialarbeiterin des Jugendamtes ausgemacht, da Sabine in den Ferien zu ihrer Mutter sollte, wir aber vorher von ihr eine weitestgehend unabhängig getroffene Entscheidung erhalten wollten. Zu diesem Gespräch gab ich sie im Jugendamt nur ab und nahm daran selbst nicht teil. Wir ahnten zwar schon in etwa, in welche Richtung ihre Entscheidung gehen würde, aber sicher sein konnten wir uns natürlich nicht. Sabine machte alles klar. Sie entschied sich eindeutig für uns. Sie sagte, dass sie ihr Abitur bei uns ablegen und damit auch weiter mit uns zusammenleben wollte. Wir atmeten auf, auch wenn wir eine andere Entscheidung von ihr akzeptiert hätten. Im Interesse von Sabine waren wir froh, dass sie ihren Weg bei uns nicht nur weiter gehen durfte, sondern das auch wirklich selbst wollte. Die Entscheidung traf in den Ferien ihre Mutter. Nie im Leben hätte sie gedacht, dass sich Sabine für uns entscheiden würde. Sie machte ihr nicht nur bittere Vorwürfe, sondern war drauf und dran ihre Tochter ganz zu verstoßen.

Vorübergehend ließ sie sich aber anders an ihrer Tochter aus. Als sie zu Weihnachten zu Besuch war, bekamen natürlich alle Kinder Geschenke und das sah so aus, dass Sabine ein Duschbad und ein Körperspray geschenkt bekam und ihr jüngerer Bruder ein neues Fahrrad. Zum Glück war Sabine nie materiell orientiert, aber Wirkung hatten solche Aktionen doch.

Im folgenden Jahr besuchte Sabine ihre Mutter seltener. Wenn sie doch in den Ferien bei ihr war, fühlte sie sich nicht wirklich wohl. Für sie war mittlerweile Ersatz eingetroffen, da ihre Mutter vollkommen überraschend schwanger geworden war und einen weiteren Jungen zur Welt gebracht hatte.

Trotzdem zog keine richtige Ruhe ein, denn eine Blitzidee folgte der Nächsten. Sabine sollte jetzt auf die schnelle vom Lebenspartner adoptiert werden, oder doch wenigstens seinen Namen annehmen, dann wollten sie innerhalb einer Woche heiraten und so weiter und so fort. Bis auf die Hochzeit der Beiden kam aber zum Glück nichts weiter zustande, sodass außer etwas Unruhe nichts weiter ernsthaftes für Sabine passierte.

Vollkommen „toll" war Sabines Jugendweihe. Wir bereiten sie immer für unsere Kinder vor und feiern normalerweise auch mit ihnen. Wir schließen dabei aber aus, dass wir gleichzeitig ihre Eltern an solchen Tagen, die eigentlich ihren Kindern gehören, bedienen. So war es leider aber in Sabines Fall. Mutter wollte den Tag der Jugendweihe unbedingt für ihre Tochter gestalten und ganz allein mit ihr verbringen. Also kümmerten wir uns um die Feierstunde und Andrea ging mit Sabine hin, da ich zu diesem Zeitpunkt zu einer Kur war. Danach zog die Mutter mit Sabine los und besuchte mit ihr irgendeine Bekannte, um mit der gemeinsam über alte Geschichten und ehemaligen Tage zu reden, ohne allerdings wirklich für Sabine da zu sein. Das war dann Sabines sogenannte Jugendweihe, „liebevoll" von ihrer Mutter organisiert.

Zum Glück reduzierten sich dann die Kontakte doch um ein Erhebliches und begrenzten sich auf gelegentliche Besuche oder Telefonanrufe. Das war zwar mit Sicherheit für Sabine nicht leicht, aber wir denken doch, dass dies für ihre gesamte Entwicklung um war, als im häuslichen Chaos bei der Mutter zu versinken.

Katrin und Kerstin

Als Sabine einen Monat bei uns war, traf eine erneute Anfrage von einem Jugendamt aus dem Nachbarkreis bei uns ein. Wir waren darüber glücklich, wurden wir doch endlich angenommen.

Gleich drei Geschwister, alles Mädchen, sollten eventuell zu uns kommen. Die Älteste 12 Jahre und die beiden Jüngeren sechs und vier. Sie waren vor einem halben Jahr aus ihrer Familie herausgenommen wurden, da dort untragbare Zustände herrschten. Ihre Eltern waren dem Alkohol derart ergeben, dass beim Vater schon ernsthafte gesundheitliche Schäden entstanden waren. Er würde niemals wieder in der Lage sein, sich um seine Kinder zu kümmern. Seine Frau hatte gar kein Interesse mehr an ihnen. Wir lernten die Mutter auch selbst nie kennen. Sie soll jetzt in England leben.

Die Große von den Dreien hatte sich in letzter Zeit vor der Inobhutnahme um ihre beiden Geschwister fast vollkommen selbständig gekümmert, zumindest so weit, wie ihr das möglich war. Diese Leistung ist eigentlich gar nicht hoch genug einzuschätzen, denn mit 12 Jahren so eine Verantwortung zu übernehmen, will etwas heißen. Sie konnte natürlich nicht alles in den Griff bekommen und ihre eigenen Dinge, wie zum Beispiel Schule blieben dabei auf der Strecke. So hatte sie mittlerweile einen Grad der Selbständigkeit erreicht, dass sie nur schwer wo anders integrierbar war. Auch wollte sie ihre erreichte eigene Freiheit nicht wieder hergeben. Genau das hätte sie bei einer

Entscheidung für uns tun müssen. Nach mehreren gegenseitigen Besuchen stand fest, dass die Große auf keinen Fall zu uns wollte.

Bei uns war für die Vorbereitung auf neue Kinder schon ein richtiges System entstanden. Zuerst führten wir die Gespräche mit dem betreffenden Jugendamt, wo es um alles ging, was die Kinder betraf und was beim Amt überhaupt bekannt war. Diese Gespräche sind immer mit etwas Vorsicht zu genießen, da hier zumeist nie alles gesagt wird, was für die Betreffenden wichtig wäre. Nicht das da prinzipiell oberflächlich gehandelt wird, aber für die Ämter kommt es in erster Linie darauf an ihren Fall unterzubringen und das nicht nur möglichst preiswert, sondern auch dort, wo eine erfolgreiche Entwicklung der Kinder gegeben war.

Danach besuchten Andrea und ich die Kinder, wo sie gerade untergebracht waren. Bei den Dreien war das ein Heim. Wir gingen mit ihnen Eis essen und plauderten ein wenig Miteinander. Anschließend besuchten sie uns und meist kristallisierte sich dabei schnell heraus, ob sich etwas anbahnen könnte.

Der erste Besuch bei uns dauerte immer nur einen Nachmittag und erst darauf folgte ein Wochenende mit Übernachtung, damit wir uns gegenseitig ein Bild machen konnten. Erst dann fiel auch wirklich eine erste Entscheidung, ob die Kinder kommen konnten oder wollten. Bei dieser Entscheidung hatten alle drei Seiten ein Mitspracherecht. Zuerst natürlich die betroffenen Kinder, dann ihr zuständiges Jugendamt und schließlich wir als Familie.

Lehnte nur eine Seite ab, kam es nicht zum Einzug bei uns. Das mag etwas seltsam scheinen, aber da wir als konzeptionellen Hintergrund eindeutig die Familie haben, bleibt uns nicht allzu viel Spielraum für Experimente. Bei uns ist das so, dass zuallererst an die Langfristigkeit und Geborgenheit gedacht wird weil für die Aufarbeitung aller Probleme Stabilität nötig ist.

Bei den Dreien wurde schließlich entschieden, dass die beiden jüngeren Geschwister zu uns kommen sollten und die Große im Heim verblieb. Damit hatte sie die Chance, sich von ihrer Verantwortung den Geschwistern gegenüber zu lösen und sich endlich um sich selbst und ihre entstandenen Defizite zu kümmern. Die beiden Kleinen hatten die Möglichkeit sich wieder in eine Familie einzuleben. Leider ging bei ihrem Wechsel zu uns nicht alles so glatt, wie geplant. Katrin brach sich noch im Heim beim Klettern den rechten Ellenbogen und beide fuhren unmittelbar nach dem sie zu uns gekommen waren vier Wochen zur Kur nach Straußberg. Von dieser kamen sie mit Windpocken zurück.

Wir hatten damit erstmalig fünf Pflegekinder.

Beide gingen mit Trixi und Mischa in den Kindergarten. Wir trennten sie aber in den Gruppen, damit sich Katrin etwas von ihrer Schwester lösen konnte. Auch im Haus kam Kerstin zu Trixi ins Zimmer und Katrin zu Sabine, den bereits nach wenigen Tagen war uns deutlich geworden, dass Kerstin eindeutig der Chef der beiden Neuen sein wollte und Katrin immer kuschte. Selbst ein Versuch, Jahre später, die zwei zusammenziehen zu lassen, brachte uns nichts. Sofort wurden die Abendstunden genutzt, um gegen die Anderen, hauptsächlich Trixi regelrecht zu intrigieren. Also bekam jeder ein Einzelzimmer und das funktioniert eigentlich ganz gut. Ihre körperlichen Konstitution unterschied sich auch ziemlich stark voneinander. Ihre leibliche Mutter hatte in beiden Schwangerschaften nach Aussagen ihres Vaters ziemlich stark dem Alkohol zugesprochen, aber nur Kerstin hatte Glück gehabt. Sowohl mit der körperlichen Entwicklung, als auch der geistigen Konstellation hatte Katrin lange zu kämpfen, um die vorhandenen Defizite auszugleichen. So war sie nicht nur sehr zierlich, sondern hatte auch mit dem logischen Denkvermögen deutliche Probleme. Abläufe, die sich immer wiederholten, beherrschte sie nach einer gewissen Zeit gut, aber wehe, wenn es einmal etwas anders ablief, wie sie es gewohnt war. Schon vor unserer Zeit gab es psychologische Gutachten über sie und das vormals Letzte sagte sogar aus, dass sie gleich in eine Förderschule eingeschult werden sollte. Eine Empfehlung, die uns aus DDR Zeiten fast vollkommen unbekannt war und somit versuchten wir mit ihr etwas anderes, um sie nicht gleich von vornherein einen Weg gehen zu lassen, auf dem sie abgestempelt war. Wir ließen Katrin an Andreas Schule den Einschulungstest mitmachen, die Schuluntersuchung durchführen und stellten dann den Antrag auf Zurückstellung um ein Jahr. Dem wurde auch stattgegeben. Das war wichtig für uns. Da im gleichen Jahr Mischa in die Schule kam, und nur eine erste Klasse, mit über 30

Schüler gab. Katrin wäre dort mit Sicherheit vollkommen untergegangen. So konnte sie noch ein Jahr in den Kindergarten gehen, sich bei uns weiter eingewöhnen und in eine wesentlich kleinere Klasse eingeschult werden. Ihre Klassenlehrerin war eine Kollegin, die noch nach den alten Standards unterrichtete und die ganze Demokratisierungswelle vom freien Unterricht und dem Experimentalquatsch nach der Wiedervereinigung nicht mitspielte.

Katrin kam also die ersten Jahre auch gut mit, was aber nicht immer so blieb. Ihre Lehrerin ging als Katrin in die 6.Klasse kam in den Ruhestand und prompt verschlechterte sich ihr Notenbild rapide. So blieb uns nur die Möglichkeit, sie die 6.Klasse noch einmal wiederholen zu lassen.

Ein erneutes Gutachten bestätigte uns die Richtigkeit unsere Entscheidung und wir konnten das auch mit der Schule ohne größere Probleme regeln. Was dann allerdings folgte, verschlug uns den Atem. Ihre neue 6.Klasse hatte ein so schlechtes Niveau, dass selbst Katrin auf Anhieb einen Leistungsdurchschnitt von 1,8 schaffte. Keiner in der Schule konnte sich das erklären. Aber, so stand es nun einmal im Halbjahr auf dem Zeugnis. Unser Problem bestand nun leider darin, das wir weder ein Förderauschussverfahren für sie bekommen konnten, noch durch das Jugendamt weitere Hilfsmaßnahmen für sie bewilligt wurden. Also hieß es weiter wurschteln und gespannt sein, wie sie sich in der Schule weiterentwickeln würde. Zum Glück ist sie aber selbst lebenslustig und froh. Ihre Probleme in der Schule versucht sie für sich recht locker wegzustecken und mittlerweile weiß sie auch, dass sie bei uns ein sicheres zu Hause hat, zumindest bis zu ihrem 18. Lebensjahr, denn bis dahin hat das Jugendamt schon zugestimmt, dass sie bei uns leben kann.

Katrin war es, die mich nach kurzer Zeit, gefragt hat, ob ich sie gar nicht lieb hätte, da ich sie gar nicht schlagen würde. Schlagen, an die Wand schmeißen und die Treppe hinunterschubsen gehörte für sie ganz einfach zum Liebhaben dazu. Das einfache Kuscheln und Knuddeln oder Schmusen wohl nicht. Sie hatte das schlicht und ergreifend nie erlebt. Zum Glück konnten wir das Schritt für Schritt ändern und heute sind sie und ihre Schwester richtige Knuddelmäuse.

Mit Katrin hatten wir auch ganz schnell gesundheitliche Probleme. Ein Anruf aus dem Kindergarten alarmierte mich eines Tages, dass sie stark fieberte, auf der Liege lag und Schmerzen im linken Bauchbereich hatte. Das hieß für mich natürlich sofort hin, nachdem ich zu Hause alles umorganisiert hatte.

Wenn bei uns solche Ereignisse eintreten, müssen wir immer noch so ruhig bleiben, dass wir auch an den weiteren Ablauf mit all den anderen Kindern denken. Übergroße Hektik und kopfloses Handeln dürfen da für uns nie in Frage kommen. Nur leider ist das nicht so einfach zu bewerkstelligen und selbst nach jahrelanger Erfahrung lassen sich Fehler in solchen Situationen nie ganz vermeiden.

Als ich im Kindergarten eintraf, war der Krankenwagen schon da und es ging sofort weiter Richtung Krankenhaus. Für Katrin eine vollkommen neue Erfahrung. Papa kam einfach so mir und kümmerte sich um sie. Ihre eigenen Eltern waren niemals so für sie da, auch wenn es ihr Mal nicht so gut ging. Zum Glück verstand sie nicht, was ich nun mit dem Arzt besprechen musste. Ich hatte keine schriftliche Vollmacht des Jugendamtes für ärztliche Maßnahmen und man wollte an eine Notbehandlung gar nicht heran gehen. Im Jugendamt war natürlich niemand zu erreichen und selbst eine Zusicherung, dass ich für eine mögliche, notwendige Operation die volle Verantwortung übernehmen würde, machte die Sache nicht einfacher. Ich wusste, dass ich mich mit der möglichen Übernahme der Verantwortung auf sehr dünnes Eis begeben würde, aber was blieb mir denn groß übrig. Ich wollte Katrin um jeden Preis helfen, aber zum Glück half sie sich selbst, wenn auch unbewusst. Der wahrscheinliche Darmverschluss löste sich während der Diskussionen mit dem Pflegepersonal und der Arzt konnte Entwarnung geben. Wir hatten dadurch Zeit gewonnen. Trotzdem ließ ich Katrin zur Beobachtung im Krankenhaus und dabei wurde gleich ihr gesamter Hormonstatus überprüft.

Von zu Hause aus konnte ich dann die notwendigen Vollmachten einholen und im nachhinein im Krankenhaus einreichen. Das war eine deutliche Lehre für uns, welche wir in den folgenden Jahren berücksichtigen konnten, auch wenn es dabei zu den ungewöhnlichsten Situationen kam.

Eine besondere Szene aus der Anfangszeit mit Katrin ist mir auch noch deutlich in Erinnerung. Ihr Vater war in unserer Nähe in einer Rehaklinik zur Behandlung, genau zu jener Zeit, wo beide Geschwister neu bei uns waren. Wenige Wochen nach ihrem Einzug zu uns, kam er von der Klinik mit dem Fahrrad, um sie zu besuchen. Katrin sah ihn, drehte sich sofort um und rannte schreiend weg. So stark müssen damals ihre negativen Erinnerungen an ihren Vater gewesen sein. Er war es wohl auch, der sie die Treppe runtergeschupst hatte und sie nie in Schutz nahm, wenn ihre Mutter wieder einmal ausrastete. Ungefähr ein halbes Jahr später kam er wieder, nur dieses Mal flog Katrin ihm förmlich in die Arme. Das war ein Schock für uns und wir konnten das absolut nicht verstehen. Wir waren selbst noch Lernende und erhielten live den Beweis, wie schnell Kinder negative Erlebnisse verdrängen können.

Ein gleiches Erlebnis würde uns heute auch nicht wieder so überraschen, weil wir jetzt über solche Vorgänge einfach mehr wissen. Auch haben sowohl Katrin, als auch Kerstin und vor allem wir zu ihrem Vater eine den Verhältnissen angepasste, gute Beziehung und er ist einer jener Elternteile, die ihre vergangenen Fehler einsehen und vor allem die gleichzeitig froh sind, dass es ihren Kindern wesentlich besser geht. Denn leider gibt es auch Eltern die sogar eifersüchtig auf das nun veränderte Leben ihrer Kinder sind und sich pausenlos einmischen wollen, wie das bei Eric der Fall gewesen war.

Kerstin hatte wesentlich mehr Glück, als ihre Schwester. Obwohl ihre Mutter während der Schwangerschaft dem Alkohol sehr zugetan war ergaben sich bei ihr keine gesundheitlichen Folgen.

Auch wurde sie von Beginn an besser beschützt und behütet. Das ist selbst in solchen Familien gegenüber den Jüngeren oftmals der Fall, da dann schon ältere Geschwister da sind, die hier oder da schon eingreifen können. Dies war aber für sie nicht nur von Vorteil, denn dadurch entwickelte sie sich zum Chef der drei Mädchen. Kerstin konnte auch ihrer ältesten Schwester gegenüber bestimmen und butterte Katrin vollkommen unter. Dies war auch der Grund, warum wir beide bei uns später niemals gemeinsam in einem Zimmer wohnen lassen konnten, oder dass sie in einer Kindergartengruppe zusammen waren. Das eine gemeinsame Jahr in der 6.Klasse der Grundschule funktionierte erstaunlicherweise ganz gut, aber da war Katrin auch schon etwas selbstbewusster ihrer Schwester gegenüber und ließ sich nicht mehr alles einfach gefallen.

Kerstin beobachtete alles vom ersten Tag an ganz genau. Wo es etwas zu erhaschen gab, war sie ran, nur um nichts zu verpassen. Auch war und ist sie diejenige unter den Mädchen, die auf sogenannte Intrigen spezialisiert war und diese hinter den Rücken der Anderen schmiedet und dann auch durchführt oder durchführen lässt. Besonders problematisch war das bei unserer zweiten Erzieherin D.. Da war Kerstin ihr eindeutige Liebling, was ihr anfänglich zusagte, aber wodurch sie ziemlich schnell mitbekam, dass dies für sie bei den anderen Altersgefährten Probleme auslöste. Vor allem wenn D. nicht da war. Hatte D. Feierabend, war Kerstin natürlich sofort auf „der Rolle" der anderen Kinder und war D. da, wurde Kerstin häufig ausgegrenzt. Oft haben wir mit D. darüber gesprochen, ohne jeden Erfolg. Wir hatten in D's Augen vollkommen unrecht. Nun hätte man ja darüber nachdenken können, ob wir vielleicht Unrecht gehabt hätten, wenn ich das alles nur alleine so gesehen hätte, aber sollten wirklich alle anderen auch Unrecht haben? Kerstin blieb bei ihr an erster Stelle. Erst mit dem Wechsel zu Mandy löste sich das Problem. Mandy behandelte alle weitestgehend gleich und Kerstin wurde dadurch von allen, fast von heute auf morgen nicht mehr so sehr aufs Korn genommen.

Unser Alltag

Natürlich gab und gibt es bei uns den gewöhnlichen Alltag und das bedeutet für die meisten unserer Kinder Schule mit allen Drum und Dran.

Da fängt der kommende Tag schon am Abend zuvor an. Ranzen packen, Sachen für den nächsten Tag heraus legen und den Tisch fürs Frühstück vorbereiten, das heißt, was man da am Abend schon so vorbereiten kann. Denn für mich ist nichts schlimmer, als wenn ich morgens aufstehe und als erstes gleich mit Geschirr für zehn Personen klappern muss.

Morgens geht es für mich vor sechs Uhr los. Da habe ich wenigstens unser Bad noch für mich alleine und kann mich in aller Ruhe waschen. Während ich Frühstück vorbereite, kommen die Kinder und Andrea so langsam zu sich, jeder auf seine Weise. Mischa ist zum Beispiel am Morgen meistens ziemlich mufflig und die Jüngeren sind oft schon putzmunter, da sie abends bei Zeiten ins Bett gehen. Aber egal wie jeder drauf ist, nur so nebenbei wird bei uns nicht gefrühstückt. Jeder muss sich an den Tisch setzen und in Ruhe seine Cornflakes oder frisch aufgebackene Brötchen essen und für die Schule wird auch noch etwas Essbares eingepackt.

Gegen 7:00 Uhr geht es dann los. Die Drei vom Gymi in K. W. haben das Glück, dass sie mit Mama mitfahren können und dadurch nicht so zeitig zum Zug müssen.

Die anderen vier steigen zu mir in den Bus und werden in die Schule gebracht, bis vor kurzem zumindest, denn ab der 5.Klasse kann man auch schon mal mit dem Fahrrad in die nicht allzu weit entfernte Schule fahren. Das macht zwar keinen Spaß und ist vor allem unbequem, aber andere aus ihren Klassen müssen das auch.

Vor mir liegt dann der Vormittag. Frau M. wirbelt im Haus oder hat mit dem ständigen Riesenberg Wäsche zu tun. Ich darf mich dem leidigen Kleinkram oder den sogenannten größeren Dingen widmen. Beratungen, Einkauf, Abrechnungen, Termine mit dem Jugendamt, Schreibkram, Essen kochen, Arbeiten im oder am Haus und, und, und ... Ab Mittag trudeln dann wieder alle langsam ein.

Mandy kommt und holt die Jüngsten noch ab. Das kann sich dann durchaus bis um vier oder fünf hinziehen.

Das Mittagessen gibt es gestaffelt. Früher, als sie alle etwas zeitiger zu Hause waren, mussten sie sich noch eine Stunde in ihre Zimmer zurückziehen. Wir sind nach wie vor der Meinung, dass die Kinder nach der Schule einen gewissen Ruhepunkt und etwas Entspannung brauchen. Das leidliche Problem der Hausaufgaben muss dann nach der Pause geklärt werden. Früher machten das die Kinder sogar gemeinsam am großen Stubentisch, bis wir mitbekamen, dass sie sich immer mehr aufeinander oder gar auf uns verließen und gar keine Lust hatten, alles alleine zu erledigen. Getrickst wurde natürlich auch mächtig gewaltig, denn man war ja clever und die Größeren waren ja bei der Erledigung der Aufgaben für die Kleineren auch viel schneller. Deshalb wurde festgelegt, dass die

Hausaufgaben in den eigenen Zimmern zu erledigen sind. Nur wenn wir wirklich einschätzen, dass sie Hilfe brauchen oder sie sich auf eine große Arbeit vorbereiten, greifen wir helfend ein.

Danach ist Freizeit. Draußen spielen, Freunde besuchen und was da sonst alles möglich ist. Nur eins geht noch nicht so richtig – das Fernsehen. Bei uns geht nämlich nachmittags nur bei bestimmten Sendungen das Fernsehgerät an. Auch wenn das eine nervende Regelung ist, lassen wir uns nur ganz selten auf andere Dinge ein. Wenn zum Beispiel über mehrere Tage mieses Wetter war, dass niemand raus konnte, wenn Fußball, Formel 1 oder eine andere Sportart gezeigt wird kommt und bei solchen Sendungen wie „The Dome" geht das dann aber doch auch schon einmal. Aber bei dem, was die Sender jeden Nachmittag über den Bildschirm laufen lassen und den sich viele Kinder ohne Wissen ihrer Eltern reinziehen halten wir diese Regel für vernünftig. Fernsehen oder Video sehen heißt für uns, dies wirklich ausgewählt zu tun und nach Möglichkeit nicht dem wilden Zappen zu verfallen. Sicher klappt das auch bei uns nicht immer, aber vom Grundsatz her bekommen wir das in den Griff.

Selbstverständlich ist auch, dass wir an solchen Seifenopern wie GZSZ nicht vorbei kommen, aber da gibt es bestimmt noch Schlimmeres. Toll war da ein kürzliches Jugendamtsgespräch, wo eine Mitarbeiterin wirklich von uns verlangen wollte, die Kinder abends 19:30 Uhr an den Fernseher zur Sendung „Brandenburg Aktuell" zu setzen, um sich zu bilden. Ich denke aber, dass die Zeiten der „Aktuellen Kamera" schon eine Weile vorbei sind und deshalb lassen wir das auch. Schließlich kann man Politik auch im Gespräch im Alltag klären und ob das, was in den Nachrichtensendungen kommt, wirklich die Wahrheit ist, ist doch häufig zumindest anzuzweifeln.

Abendbrot gibt es bei uns immer gegen sechs Uhr. Ein Zeitpunkt, an dem wir an den meisten Tagen festhalten. Da möchten dann auch schon möglichst alle am Tisch sitzen, denn im Verlaufe eines Tages sind doch alle irgendwo anders unterwegs, sodass wir wenigstens einen Zeitpunkt, an dem alle versammelt sind haben, um sie mal alle zu erwischen. Wenn unsere Kinder Termine auswärts wahrnehmen, geht das natürlich nicht.

Es wird beim Essen auch über Gott und die Welt gesprochen und jeder kann erzählen, was er oder sie so auf dem Herzen hat. Da vergeht eine Stunde wie im Fluge und manchmal albern wir auch ganz schön dabei herum, sodass wir mitunter gar nicht merken, wie die Zeit verfliegt.

Leider hat das Abendbrot aber nicht nur die positive Seite des Essens, denn es muss ja auch vorbereitet werden. Da ist jeder aus der Familie einmal dran, egal ob Junge oder Mädchen, groß oder klein. Montag beginnt zumeist der Älteste und dann geht es reihum bis zu Kerstin am Sonntag, welche die Zweitjüngste ist. Trixi verbleibt als unsere sogenannte Reserve. Hin und wieder wird da auch schon einmal getrickst und versucht, sich zu verdrücken, zumal die Ältesten das gesamte Essen schon ganz alleine Vorbereiten sollen.

Essen ist auch etwas sehr schönes, aber Abendessen mit nur Stulle und Wurst muss der Meinung der Kinder nach nicht sein. Es sollte schon doch lieber ein oder mehrere Hamburger oder noch besser eine Pizza auf dem Tisch stehen. Karlsbader Schnitte oder eine Pfanne Gebratenes ist auch nicht zu verachten. Aber unsere Futtermäuler haben auch schon ihre Spezialstrecken in der Vorbereitung entwickelt.

Nach dem Abendessen geht es ans Waschen und ab halb acht geht es zeitlich gestaffelt ins Bett. Da hilft keine Diskussion, von wegen meine Kumpel dürfen abends so und solange fern sehen oder Ähnliches. Unserer Meinung nach brauchen alle ihren Schlaf und zumeist kommt der auch fast immer ziemlich schnell, sobald sie in den Betten liegen.

Die eigentlichen Probleme haben wir damit am nächsten Morgen, denn dann sind alle ausgeschlafen und müssen uns ihre Träume von der letzten Nacht erzählen oder das, was am Tag so anliegt. Da sind dann meist wir diejenigen, die nicht so recht munter sind, aber das Problem nehmen wir gern in Kauf. Wieder beginnt damit ein Tag, an dem wir stets hoffen, dass möglichst wenig Unerfreuliches oder Unvorhergesehenes passiert. Leider funktioniert genau das aber nicht immer.

Unser erster Urlaub

Sommer 1996 – wir hatten das erste Jahr hinter uns gebracht.

Auch wenn es mitunter ganz schön turbulent war, begannen wir uns langsam an die Gegebenheiten zu gewöhnen. Etwas anderes blieb uns eigentlich auch nicht übrig. Für Eric und Sabine ging das erste Schuljahr zu Ende, Mischa sollte eingeschult werden, Frau L. wird uns in den Ferien verlassen und die „Entlassung" von Eric stand leider auch schon fest. Er hatte sich prima bei uns eingelebt, seine schulischen Leistungen waren stabil und wir kamen gut miteinander aus. Aber wie das oft im Leben ist, konnten weder wir noch Eric an seinem Abgang etwas ändern. Wir hatten nur den Vorteil, uns lange genug darauf einstellen zu können. Die zweite Seite seines Weggehens war wieder einmal die Ökonomie. Statt fünf waren dann nur noch vier Plätze belegt. Das brachte uns natürlich finanziell sofort wieder unter Druck. Wir waren auf mindestens fünf belegte Plätze angewiesen, um für unseren Träger ökonomisch akzeptabel zu sein. Mit diesem Problem mussten wir uns aber noch zwei weitere Jahre herumschlagen, bis wir dann ständig ausgelastet waren.

Trotzdem ging es erst einmal in den Urlaub. Mit unseren beiden Autos fuhren wir über Polen Richtung Tschechien, in die Beskiden. Schon die lange Fahrt war für unsere Kinder ein Erlebnis, wenn für Sabine auch ein nicht so schönes. Ihr bekam das Auto fahren nicht so gut und so mussten wir öfter Pause machen, als uns lieb war. Besonders die letzten Kilometer im Gebirge waren für sie sehr aufregend, den eine Kurve folgte der anderen.

Nach einer endlos scheinenden Fahrt kamen wir in unserem kleinen Urlaubsort an und mussten das gemietete Haus erst suchen. Es lag mitten im Hochwald und war im Winter eigentlich eine Skibaude am Fuß eines Abfahrtshanges und im Sommer zeitweilig ein Getränkestützpunkt. Wir hatten es aber, abgesehen von einigen, offensichtlich durstigen, nächtlichen Besuchern ganz für uns alleine. Auch wenn wir im Esszimmer nur Holzstühle, ohne Kissen hatten und für alle nur eine Dusche mit begrenzt warmen Wasser vorhanden war, war es doch gerade das Rustikale, was uns in diesem Urlaub Spaß machte. Kochen brauchten wir zum Mittag nicht selbst, da sich die Gaststätte im Ort riesig freute, für eine Woche eine ganze Anzahl Esser mehr zu haben. Bezahlbar war das Essen sogar für unsere finanziellen Verhältnisse. Da spielte es nicht einmal eine Rolle, dass Trixi ein Glas beim Trinken am Tisch zerbissen hatte, glücklicherweise ohne sich zu verletzen.

Trixi kann diesen Urlaub bis heute nicht vergessen, denn in unserer Nähe war eine Art Bauernhof, wo allerlei Tiere lebten und ausgerechnet ein Pfau hatte es auf sie abgesehen. Er stolzierte immer frei herum und war eines Tages der Meinung Trixi unterkriegen zu können. Er griff sie von hinten an, und wir hatten allesamt zu tun, ihn zu verscheuchen. Aber auch dabei war ihr nichts passiert.

Um dem Haus war ein richtig alter, urwüchsiger Wald, in dem wir herrlich herumstromern und die wildsten Spiele spielen konnten. Kaum das uns dabei jemand begegnete oder wir jemanden störten. Die Jungs bauten Staudämme und unsere Mädels mussten am Haus auch mit Fußball spielen.

Gegen Ende der Woche gab es ein gewaltiges Unwetter, durch das für mehrere Stunden der Strom ausfiel und dessen Auswirkungen wir erst bei der Rückfahrt im ganzen Ausmaß sahen. Es hatte eine ganze Menge von den alten und großen Bäumen entwurzelt und umgerissen. Uns war zum Glück nichts passiert.

Natürlich riefen alle gleich nach dem nächsten Urlaub, da das doch ein zu tolles Erlebnis war.

Schulanfang und andere Feiern

D ie ersten gemeinsamen großen Ferien vergingen und wir setzten die Reihe der Schulanfänge fort. Das sollte noch drei Jahre so weiter gehen. Nachdem fünften Jahr mit Einschulungen hintereinander besaßen wir dann die entsprechende Routine. Kaum waren diese Jahre vorbei, begannen auch schon die Jugendweihen. Wenn ich diese Reihen würde fortspinnen wollen, könnte sich selbst jeder denken, wie das dann weitergehen müsste, dann müssten nämlich die Hochzeiten und Geburten folgen...

Das eigentliche Problem bei den Einschulungen unserer Pfleginder kam von den Jugendämtern. Der Pflegesatz sah solche Ereignisse nicht vor und somit mussten die dafür notwendigen finanziellen Mittel extra beantragt werden. Damit wir nicht jedes Mal Riesenpartys feiern, gibt es dafür feste Sätze. Damals bekamen wir für einen Schulanfang einen Zuschuss von 150 DM, was erst einmal nicht schlecht klingt, wenn daran nicht eine Forderungsliste gehangen hätte, was damit alles zu bestreiten sei.

Es sollte eine Zuckertüte mit Inhalt, ein Schulranzen samt Federmappe, Sportzeug und Grundausstattung, sowie für den Einschulungstag die entsprechend angemessene Bekleidung erworben werden. Wenn wir den ersten Teil der Forderung einigermaßen vernünftig bestreiten wollten, blieb für die „angemessene" Bekleidung zur Einschulung nur noch ein Reisigröckchen vom Feld übrig. Gegenwärtig wird sogar darüber nachgedacht, diese Mittel ganz zu streichen, ersatzlos! Allein daran lässt sich ermessen, dass in unseren Ämtern zurzeit ein erheblicher Verlust an Lebensrealität existiert. Darauf möchte ich aber später noch einmal genauer eingehen.

Im Sommer 1996 bewegte uns das nicht weiter, denn am 3.August wurde unser Mischa eingeschult und hatte gleichzeitig seinen 7.Geburtstag, der natürlich zünftig gefeiert wurde. Diese Feierlichkeiten waren und sind für uns auch immer eine Gradwanderung. Wir haben selbst eine große Verwandtschaft, von denen ein Teil nicht allzu weit wegwohnt und diejenigen, die von weiter her kommen scheuen den Weg zu uns selbstverständlich auch nicht. Also heißt das fast immer volles Haus. Unsere Pflegekinder haben zwar auch alle Verwandte, Eltern, Großeltern und Geschwister, bis hin zu Onkel und Tanten, aber wir hatten natürlich das Problem damit, für diese die Feierlichkeiten bei uns auszugestalten. Zwar würden sie das schon ganz gerne und wenn es möglich wäre, sogar auf unsere Kosten, nur das dafür zum einen kaum Geld da ist und zum anderen unsere moralische Zuständigkeit dafür kaum gefordert sein dürfte. Mit den Großeltern selbst gab und gibt es da meist die wenigsten Probleme. Sie möchten, dass es ihren Enkeln gut geht und sie haben doch auch oft eine Art schlechtes Gewissen, da es ja ihre Kinder sind, die ihr Leben nicht gemeistert haben. Also haben wir im Vorfeld von Feiern dieser Art stets Absprachen getroffen und hauptsächlich die Großeltern beteiligt.

Die leiblichen Eltern schließen wir aber meist dann davon aus, wenn die Feier ausschließlich bei uns stattfinden soll und sie selbst dazu nichts beitragen wollen. Nichts dagegen haben wir aber, wenn sie wenigstens an diesem Tag mit ihren Kindern etwas unternehmen möchten.

Dies mag sich wieder einmal etwas kleinlich anhören, aber wir sind in erster Linie ständig und täglich für dir Kinder unseres Hauses da und gestalten ihnen natürlich auch ihre Ehrentage, aber bitte nicht an diesen Tagen an unserem Tisch für ihre Eltern.

Diese Sichtweisen veränderten wir im Laufe der Jahre zwar etwas, aber das war für uns ein langer Lernprozess.

Katrin hat zwei Tage nach Mischa Geburtstag und darum feierten wir diese beiden als Kindergeburtstag gemeinsam. Zum ersten und gleichzeitig letzten Mal, denn damit hatten wir uns ein ganz schönes Problem aufgeladen. Fast 25 Kinder auf dem Hof und alle im Alter von fünf bis sieben Jahren. Das war der reinste Krabbelhaufen. Unser Glück war nur, dass das Wetter Mitleid mit uns hatte und die Sonne angenehm strahlte. Also, nichts wie raus auf den Hof und alles draußen veranstaltet. Wir hatten eine ganze Menge Stationen aufgebaut und damit war die Rasselbande erst einmal für fast zwei Stunden bestens beschäftigt. Zum Abendbrot wurde gegrillt und jeder bekam eine Bratwurst in die Faust. Damit konnten wir den Tag relativ problemlos bewältigen und mit wenig Tränen überstehen. Solche Massen von Geburtstagsgästen haben wir jedoch nie wieder eingeladen.

Später lief und heute läuft das immer so, dass jedes Kind wirklich seinen Geburtstag feiern kann. Dazu können sie immer soviel Gäste einladen, wie mit unserem Kleinbus zum Transport zu McDonald, ins Kino, auf die Bowlingbahn oder wohin auch immer bewegt werden können.

Der Aufbau geht weiter

Nach einem Jahr Kinderhaus war zwar im Haus selbst ziemlich alles fertig geworden oder neu entstanden, aber um dem Haus war außer dem Garten und einer kleinen Rasenfläche davor noch die reinste Sandwüste. Auch war im letzten Winter das Gekratze an den Autoscheiben jeden Morgen nicht unbedingt das Schönste. Also musste irgendetwas passieren. Nur war das wieder einmal nicht so einfach. Investitionsmittel waren bei unserer derzeitigen Auslastung der Kapazität und den hohen Anfangskosten beim Hausumbau schlicht und ergreifend nicht denkbar. Ein Unterstand für zwei Autos war auch nicht gerade billig. Also konnte die Antwort wieder einmal lauten: „Selbsthilfe". Ich kratzte aus allen möglichen Ecken finanzielle Mittel zusammen und daraus wurden Balken, Bretter und alles das angeschafft, was zum Carportbau benötigt wird. Die Konstruktion dazu stibitzten wir mit den Augen bei Carports, die wo anders schon standen und dann fing ich mit Lukas an. Was schließlich entstand, sah nicht einmal schlecht aus und es erfüllt bis heute seinen Zweck.

Einige Jahre später erhielt der Unterstand noch einen festen Untergrund, sodass wir dann auch noch gut unter seinem Dach feiern konnten und auch die Tischtennisplatte einen festen Platz bekam

Auch ein kleiner Fahrradschuppen „wuchs" noch an der Seite. Alle fanden das eigentlich ganz in Ordnung, denn wir benötigten auch den Platz unbedingt. Das aber gerade der Fahrradschuppen später einmal ein Sorgenkind werden würde, konnte zum Zeitpunkt seiner Entstehung keiner ahnen. Die ersten Schwierigkeiten traten auf, als beides inventarisiert werden sollte, denn bei uns ist ja sozusagen alles inventarisiert und da muss schon seine Ordnung herrschen. Ein wirklich ordentlicher Buchhalter kann dann auch nicht verstehen, wieso das Bauholz von verschiedenen Stellen bezahlt wurde und warum kein exakter Bauplan existierte. Den Fahrrädern war das zwar egal, der Buchhaltung aber bis heute noch nicht.

Aber es kam Jahre später noch verrückter. Unser Träger kaufte vom Land Brandenburg den Boden ab, damit ihm nicht nur das Haus gehörte. Denn ein Haus zu besitzen, ohne den Boden dazu, ist gleichbedeutend ohne Wert. Nun steht unser Haus direkt im Wald und der besagte Fahrradschuppen direkt am Waldrand und das ist das echte Problem. Der Carport wurde so eingemessen, dass er eine Grenzbebauung war, aber mit dem Schuppen wollte das überhaupt nicht gehen. Jetzt mahlten die bürokratischen Mühlen mit schöner Beständigkeit und es musste fast endlos diskutiert werden, was denn mit dem Corpus Delikti passieren sollte. Die Möglichkeiten waren reichhaltig, von Abriss bis zum Umsetzen war die Rede. Aber unmittelbar hinter Carport und Fahrradschuppen ist direkt der Wald und dort wird niemals ein Haus hingebaut werden.

Da das bis heute noch nicht wirklich geklärt ist, sind wir gespannt, wie diese Geschichte wohl noch ausgehen wird.

So veränderte sich Schritt für Schritt der Hof und aus der Sandwüste wuchs langsam ein kleiner Rasenplatz zum Spielen, eine betonierte Fläche zum Basketball spielen, ein Klettergerüst und richtig die Wäsche musste ja auch noch irgendwo trocken werden.

Unser Haus steht aber nicht nur dort, wo sich Fuchs und Hase gute Nacht sagen, sondern man muss an Fuchs und Hase noch vorbei, um zu uns zu kommen. Dadurch haben wir ständig den entsprechenden Besuch aus dem Wald. Den Rehen schmecken die schönen bunten Blumen auf Andreas Rabatten besonders gut und sie sind beim Fressen auch noch so geschickt, dass sie wirklich nur die Blüten herauspicken und den Rest stehen lassen, damit er nachwachsen kann. Das ärgert Mama natürlich, vor allem dann, wenn Kerstin von ihrem Fenster aus den Rehen beim Fressen zusieht, ohne etwas zu unternehmen. Die haben doch einfach nur Hunger obwohl der gesamte Wald in der Umgebung vor Grün nur so sprüht. Aber vielleicht haben wir jetzt etwas mehr Erfolg, da wir weitere Lücken im Zaun schließen konnten.

Noch besser als die Rehe sind aber die Wildschweine. Vor dem Haus konnten wir uns einen kleinen Fußballplatz anlegen, da sich bei uns sowieso alles um Sport dreht. Ausgerechnet dieser Platz muss es sein, wo die Schwarzkittel wühlen und sich suhlen. Den Platz können wir aber beim besten Willen nicht auch noch einzäunen.

Wenn wir Besucher aus der Stadt haben, sind die natürlich alle voll begeistert und beneiden uns um unsere blanke Natur. Es gibt da sogar welche, die behaupten, dass wir doch eigentlich gar keinen Urlaub brauchten.

Aber wir haben damit natürlich nicht nur Vorteile. Die Wege von unserem Haus aus sind für alle wesentlich weiter, als wenn wir mitten im Ort wohnen würden und unsere Großen murren da schon mal ganz schön herum, weil sie sich doch selbständig bewegen müssen. So konnten am Anfang unsere Vorgesetzten auch nicht nachvollziehen, warum wir pro Jahr mehr als 20.000 km mit unserem Bus abspulen, aber das Verständnis dafür entwickelte sich mit der Zeit.

Besonders toll ist unser Anfahrtsweg zum Haus. Die nächste befestigte Straße ist 700 m entfernt und der Weg bis dahin ist ein Waldweg mit all seinen Vor- und Nachteilen. Im Winter sind wir unser eigener Winterdienst und bei größeren Regenfällen im Frühjahr oder Herbst können wir bis zur Straße schwimmen. Damit das Ganze noch richtig Spaß macht, benutzt diesen Weg auch noch eine Agrargenossenschaft mit Traktoren und Wasserwagen.

Weihnachten 2002 haben wir am Nachmittag des 24.Dezember drei Stunden Schnee geschaufelt, um überhaupt den Weg frei zu bekommen, denn sonst hätte der Weihnachtsmann uns gar nicht gefunden. Auch haben wir schon einmal die Schürze unseres Renaults geopfert, nicht weil er etwa tiefer gelegt ist, sondern weil die Löcher einfach zu tief und zahlreich, waren, dass wir sie nicht mehr umfahren konnten.

Diesen Weg wollte uns aber jetzt die Agrargenossenschaft auch noch wegnehmen, da er umgepflügt werden sollte. Dann hätten wir als Alternative einen Weg benutzen müssen, der noch verrückter und bis zur nächsten Straße 1,8 km lang ist. Prost Mahlzeit, wenn es dazu kommen sollte

Alles, was am Haus grün ist und bleiben soll ist eindeutig Mamas Revier. Wir hatten gleich zu Beginn unseres Hierseins in den Garten ein kleines Gewächshaus gestellt, von wo jetzt im Sommer die eigenen grünen Gurken kommen. Die schmecken auch gleich ganz anders, als die aus dem Supermarkt. Wenn dafür bloß nicht immer der große Aufwand nötig wäre. Es ist aber auch immer wieder eine ganz besondere „Freude" für die Jungs. Jedes Jahr im Herbst die Erde aus dem Gewächshaus rausholen und im Frühjahr, mit einer Fuhre Mist wieder der Neubeginn.

Dazu kommt auch noch der große Komposthaufen, der auch jedes Jahr immer wieder umgesetzt werden muss.

Damit es rund ums Haus auch immer schön grün ist, führen wir nun schon seit Jahre einen beständigen Kampf mit und für den Rasen. Viel gab der Sandboden nicht her, also wurden mehrere LKW-Ladungen Erde aufgeschüttet, planiert, gewässert, gemäht und alles Mögliche getan, um den Rasen eine Chance zu geben. Dabei müssen aber auf dem Rasen auch noch eine ganze Menge Blumentröge stehen, um die herum wir immer schön mit dem Rasenmäher zirkeln dürfen.

Diese Blumentröge sind Mamas besonderer Stolz. Zwei sind riesengroße Monsterpflanzen. Die Palme, welche wir 1989 vom Begrüßungsgeld gekauft hatten, ist mittlerweile fast drei Meter groß. Genauso riesig ist der Oleander. Diese passen in keinen Keller und müssen beide nun jeden Winter zum Gärtner umziehen. Meist kommen sie noch Größer zurück.

Supervision

Im Sommer 1996 waren wir auf die Suche nach einem Supervisor gegangen. Supervision – was ist das überhaupt, werden sich viele Fragen und sich darunter etwas vorstellen, ist genauso schwierig. So ging uns das auch. Supervision ist der versuch oder das bemühen Lösungen zu Problemen und Fragen im Zusammenhang mit der eigenen Arbeit zu finden. Der Supervisor sollte eine unabhängige Person sein und nicht aus der eigenen Firma kommen. Von außerhalb sollte er oder sie deswegen kommen, weil er oder sie dann nicht direkt mit den zu besprechenden Problemen verbunden waren und der sogenannten Gefahr der Betriebsblindheit entgehen. Es müssen alle an diesen Gesprächen beteiligten auch bereit sein, offen und ehrlich über alles Reden zu wollen und zu können, da diese Gespräche sonst wenig Sinn machen. Das aber ist das Problem bei diesen Runden und ich glaube auch nicht, dass wir das immer geschafft haben.

Bei unserer Suche wurden wir nicht sofort fündig und brauchten eine ganze Weile, um den für uns Passenden zu finden. Diese gründliche Suche lohnte sich aber für uns, denn unser Mann hat uns über viele Jahre begleitet und uns so manchen Tipp geben können.

Wir setzten uns immer abends zusammen und für unsere Kinder war dieser Supervisor unser Märchenonkel, der uns Erwachsenen Geschichten erzählte. Leider hatte das für die Kinder den faden Beigeschmack, dass wir die Wohnstube blockierten und damit das Fernsehen verhinderten. Anfänglich trafen wir uns alle vier Wochen und später wurden die Abstände schon etwas größer.

Der Beginn unserer Gespräche fiel in etwa mit dem Wechsel von Frau L. zu D. zusammen und damit hatten wir eigentlich eine ganze Menge Möglichkeiten, anstehende Probleme mittels neutraler Vermittlung zu lösen. Aber das gelang uns leider nicht so leicht. Zum einen war D. kaum in der Lage sich in solchen Gesprächen wirklich zu öffnen und zum anderen hatte ich auch selbst bei einem der ersten Gesprächsrunden nicht die ganze Wahrheit gesagt. Ich antwortete nämlich auf die Frage unseres Supervisors, ob ich schon einmal an eine mögliche Entlassung von D. gedacht habe mit „Nein". - Dabei dachte ich damals eigentlich fast ständig daran. Es wäre eigentlich nicht einmal ein rechtliches Problem gewesen, da sie in der sogenannten Probezeit war. Warum ich diesen Schritt damals nicht schon vollzogen hatte, kann ich bis heute nicht sagen. Wahrscheinlich beschäftigten uns damals andere Probleme viel mehr.

Trotzdem haben Andrea und mir diese Gespräche einiges gebracht, nicht nur für unser Haus, sondern auch für Andreas Arbeit. Wir konnten bei unseren Supervisor sogar mit der Zeit und für uns vollkommen unbewusst ein Umschwenken in seiner Meinung in bezug auf die Dauer von Unterbringungen von Kindern außerhalb ihrer Herkunftsfamilien erreichen. Er bestätigte uns, dass die Variante der Betreuung, wie wir sie realisieren nicht nur eine gute Erfolgsquote bieten kann, sondern vor allem für die betroffenen Kinder auch eine optimale Alternative zur sogenannten traditionellen Heimerziehung bietet.

Nach einer für die Supervisionen langen Zeit der Zusammenarbeit trennten sich unsere Wege Anfang 2002, aber wir haben stets die Möglichkeit bei Bedarf auf ihn wieder zurückgreifen zu können.

Weiterer Zuwachs

Der Herbst und Winter 1996 verlief ohne größere Aufregung. Erst zu Beginn des Jahres 1997 ergab sich die Möglichkeit, mit weiteren Aufnahmen auf sechs Pflegekinder zu kommen. Bereits vor den Sommerferien des Vorjahres waren zwei Geschwister, Mädchen und Junge im Alter von acht und elf Jahren in Form einer sogenannten Krisenintervention in unserem Stammhaus aufgenommen wurden.

Ihre Mutter hatte sie in einem Berliner Jugendamt förmlich auf den Schreibtisch gesetzt. Dabei erklärte sie, dass sie die nicht mehr haben möchte. Sie wären total unmöglich und nicht erziehbar. Dabei trat sie mit solch einer Kälte auf, die man bei einer Mutter von mehreren Kindern nicht erwartet hätte. Zwar hatten wir zu diesem Zeitpunkt bereits die Möglichkeit gehabt, die Beiden zu uns zu nehmen, aber alle waren davon ausgegangen, dass es sich ihre Mutter noch einmal überlegt und sie sich eines Besseren besinnt. Dem war aber nicht so und somit stand einem Wechsel zu uns ein halbes Jahr später nichts mehr im Wege. Ihrer Mutter war es vollkommen egal, was mit ihren Kindern passiert. Wir haben sie auch bis zur Gegenwart nicht in unserem Haus zu Gesicht bekommen. Sie hat noch nicht ein einziges Mal gesehen, wo und wie ihre Kinder leben, sie weis auch wirklich nicht, was sie erleben und wie es ihnen geht.

Steffi und Mathias waren von der Möglichkeit in eine neue Familie zu kommen, sofort begeistert, denn sie hatten doch einige Probleme mit dem Leben in einer sogenannten Regelgruppe im Stammhaus. Für sie waren die Rahmenbedingungen dort nicht die Günstigsten. Nicht, dass dort etwas schlechte Arbeit geleistet wurde, aber in einer solchen Gruppe mit bis zu zehn oft problematischen Kindern läuft doch einiges deutlich anders, als bei uns. Schon das fast jeden Tag ein anderer Erzieher mit ihnen arbeitet und der mögliche Hauptansprechpartner für die Kinder nicht immer verfügbar ist, stellt mitunter ein erhebliches Problem dar. Trotz ihrer sofortigen Begeisterung für uns ließen wir den Wechsel sorgfältig und gründlich vorbereitet ablaufen. Zuallererst waren sie von den räumlichen Möglichkeiten beeindruckt, denn beide konnten in ein Einzelzimmer ziehen. Aber sie sahen eben nicht, dass es bei uns auch Regeln und Pflichten gab und gibt.

Glücklicherweise brauchten sie nicht die Schule zu wechseln, da unsere Kinder in dieselbe Schule gingen, wie die aus unserem Stammhaus.

Doch dann war es endlich so weit. Als wir mit den Vorbereitungen fertig waren, holte ich beide ab. Mathias war so aufgeregt, dass er pausenlos erzählte und ständig Fragen stellte, eine Eigenschaft, die er in ähnlich aufregenden Situationen bis zum Ende seines Aufenthaltes bei uns nicht ablegen konnte.

Unsere beiden Jungs waren ganz froh in dem Haushalt voller Weibsen endlich Verstärkung zu bekommen. Natürlich wäre es ihnen auch am liebsten gewesen, wenn Steffi auch ein Junge gewesen wäre.

Steffi

Steffi war ein nicht allzu großes, etwas pummliges und schüchternes Mädchen, welches in die dritte Klasse ging. Sie konnte überhaupt nicht verstehen, warum sie von zu Hause weg musste und wieso ihre Mutter sie nicht mehr haben wollte. Das auch nur einigermaßen zu verarbeiten, dauerte bei ihr Jahre und auch wenn sie irgendwann die Dinge so nahm wie sie gekommen waren hat sie es wohl bis heute noch nicht richtig verkraftet.

Froh war sie auf jeden Fall, dem Lebenspartner von Mutter nicht mehr ausgesetzt zu sein, denn ihr war er einfach unheimlich. Da müssen bei Mutter zu Hause auch die tollsten Sachen passiert sein. Sie hatte wahrscheinlich das Glück noch zeitig genug von diesem zu Hause weggekommen zu sein, womit ihr das Schicksal erspart blieb, eventuell anderweitig missbraucht zu werden. Vor einigen Monaten heiratete Steffis Mutter ihren Lebenspartner, obwohl sie schon mehrfach versichert hatte, ihn verlassen zu wollen. Mathias war das so ziemlich egal, aber Steffi ging das nahe.

Bei Mutter zurücklassen musste sie ihren jüngsten Bruder, der als Einziger von sechs Geschwistern dort blieb. Eigentlich hätte im Interesse des Jüngsten das Jugendamt auch eingreifen müssen, denn er wurde unter anderem vom Lebenspartner kopfüber aus dem Fenster der Neubauwohnung gehalten, nur weil er als Kind genervt hatte. Aber es geschah einfach nichts.

Die Kontakte zur Mutter waren schon in der ersten Zeit so gut wie nie vorhanden und brachen schließlich vollkommen ab, da sie umgezogen war und keiner wusste, wohin.

Damit änderte sich auch wieder die Zuständigkeit, was aber zum Vorteil war. Es gelang es uns zu erreichen, dass sie sich wenigstens zwei bis drei Mal im Jahr telefonisch bei ihren Kindern melden musste. Zu mehr war sie einfach nicht bereit. Wir suchten zwar mehrfach das Gespräch mit ihr, um die Kinder ihr etwas näher zu bringen, aber es gelang uns nicht.

So mussten wir erkennen, dass sich Mutter und Tochter über die Jahre entfremdet hatten und in ihren Lebenswegen kaum noch Berührungspunkte vorhanden waren. Sie standen sich praktisch wie zwei Unbekannte gegenüber. Das bestätigte sich auch, als sie sich bei Oma eher zufällig trafen. Sie hatten sich einfach nichts zu sagen.

Die Großeltern waren auch noch die Einzigen, die sich um Steffi bemühten. Wir waren zwar nicht unbedingt mit allen Ansichten von ihnen einverstanden, mussten sie aber immer wieder aufs Neue bewundern, wie sie in den Ferienzeiten oder an Feiertagen ihre doch ziemlich große Familie zu sich nach Hause holten und diese Ereignisse gemeinsam begingen. Dazu kam noch, dass sie gesundheitlich auch angeschlagen waren.

Ganz anders ging es da bei den Eltern des Vaters zu. Vater war und ist, obwohl erwachsen, fest in den Händen seiner Mutter, so wie der Opa auch und die hatten nur Augen und Zeit für ihren Mathias.

Steffi war in einer Phase geboren, als die Ehe ihrer Eltern schon am Zerbrechen war. Der Vaterschaftstest hatte nur eine Wahrscheinlichkeit von 99,9% erbracht und obwohl das die höchste prozentuale Wahrscheinlichkeit bei solchen Tests ist, beriefen sich Vater und Großeltern auf die 0,1%ige Möglichkeit, das er doch nicht der leibliche Vater sei. Das bekam Steffi voll zu spüren. Ob es einfach bei den ganz normalen Zuwendungen war oder bei Geburtstagen oder Geschenken, immer musste sie gegenüber ihrem Bruder zurückstehen und Mathias wusste das auch noch geschickt für sich auszunutzen. Ihr Vater brachte es dabei mitunter sogar fertig, sie vollkommen zu ignorieren. Sie war für ihn einfach nicht vorhanden. Trotzdem hat er es immerhin schon ein oder zwei Mal bis zu uns ins Haus geschafft, wobei er sich allerdings nicht wirklich interessiert zeigte, wie seine Kinder so leben. Bei Steffi war er nicht einmal im Zimmer.

Irgendwann kam dann bei ihr der Punkt, wo auch sie von ihm, oder ihren Großeltern nichts mehr wissen wollte. Selbst die immer seltener gewordenen Telefongespräche mit ihnen führte sie nur widerwillig.

„Steffiechen" war einfach „Steffiechen", wo man sie hinsetzte, saß sie, Bewegung war nur schädlich und das Essen schmeckte immer und in fast jeder Menge. Damit bekam sie dann auch richtig Probleme, mit welchen sie wohl noch ziemlich lange zu tun haben wird. Sie nimmt ziemlich schnell und dann auch noch meist umfangreich zu, was ihre Pumlichkeit verstärkt. Das in den Griff zu bekommen, wenn man so gerne und so gut isst, ist natürlich nicht einfach für sie.

Dabei war sie beim Eintreffen in unserem Stammhaus schlank, denn bei ihrer Mutter wurde nicht auf „Fettlebe" gemacht, aber bereits dort hat sie sich den ersten Frust angefuttert.

Auch beim Spielen mit den anderen Mädchen war das am Anfang nicht einfach. Obwohl Steffi die Älteste war, ließ sie sich doch so ziemlich alles gefallen und war meist die Unterlegene.

Stück für Stück und in ganz kleinen Schritten legte sie dieses Verhalten jedoch ab und heute hat sie schon annähernd das Selbstbewusstsein, was von einem Mädchen in ihrem Alter zu erwarten ist.

Momentan hat sie das Problem der Berufswahl. Da wir abgelegen auf dem Land wohnen, gibt es schon für Jungen kaum Möglichkeiten eine Lehre zu beginnen, für Mädchen ist das fast aussichtslos. Das Ganze ist bei ihr noch problematischer, da sie leider noch nicht weiß, was sie eigentlich werden will.

In der Nacht vom 7. zum 8.Januar 2000, an einem Freitag zum Samstag, kam Steffi zu uns ins Schlafzimmer, weil es ihr ziemlich schlecht ging. Übergeben hatte sie sich auch, aber noch kein Fieber. Wir dachten erst, dass sie sich den Magen verdorben hatte aber dem war nicht so. Es wollte nicht besser werden und schließlich kam doch das erwartete Fieber. Also setzten wir sie ins Auto und es ging ab mit ihr ins Krankenhaus.

Es war der Blinddarm.

Wie zu erwarten war ihre Mutter wieder einmal nicht zu erreichen, denn sie war zwischenzeitlich umgezogen, ohne irgendjemand informiert zu haben.

Also musste ich wieder im Krankenhaus allein entscheiden und die Verantwortung übernehmen. Der Chirurg hatte ausnahmsweise kein Problem damit, dass ich nicht der leibliche Vater war. Auf seine Frage, was er denn alles operativ tun dürfe, konnte ich ihm nur sagen, dass er all das machen sollte, was seiner Meinung nach als Hilfe für Steffi nötig wäre. Alles ging gut und Steffi wurde auch schnell wieder gesund.

Damit war aber nicht alles vorbei. Wenige Wochen später kam ein Brief vom Krankenhaus mit einer saftigen Rechnung. Diese war natürlich an mich gerichtet, da ich ja für die Operation unterschrieben hatte. Die Kosten beliefen sich auf über 3.800 DM. Was war los? Steffis Mutter war umgezogen, hatte die Krankenkasse gewechselt und dabei ihre Kinder einfach nicht mit neu versichert und das schon seit einem halben Jahr. Wir hatten nur die Krankenkarte in der Hand und nach dem darauf vermerkten Datum wäre sie noch versichert gewesen. Auch hatte sich keiner der anderen Ärzte vorher gemeldet, denn sie war in der Zeit auch noch beim Zahnarzt und beim Augenarzt gewesen. Da stand ich nun da. Auf der Rechnung standen die üblichen Drohungen wie Mahnung, Gerichtsverfahren und den anderen Späßen. Die Termine zur Bezahlung waren auch reichlich kurz. Die Mutter war nicht aufzufinden, beide Kinder waren nicht versichert und irgendwie musste das Geld beschafft werden. Zum Glück ließen die Verantwortlichen im Krankenhaus mit sich reden. Sie schienen froh zu sein, dass sich überhaupt jemand auf die

Rechnung meldete, denn das war offenbar in solchen Fällen nicht üblich. Somit bekam ich zumindest erst einmal Aufschub. Das Jugendamt war auch hilflos, denn sie hatten die neue Adresse ebenfalls nicht. Wie also weiter? Über viele Umwege und fast in Detektivarbeit und letztlich über Steffis große Schwester und der Oma bekamen wir die neue Adresse heraus, informierten das Jugendamt und gingen sofort direkt auf die Mutter zu. Aber da waren schon etliche Tage vergangen. Trotzdem fasste sich das Krankenhaus in Geduld. Endlich und erst, nachdem wir mit einem Anwalt drohten, sah sich die Mutter genötigt, gemeinsam mit dem Jugendamt die nötigen Schritte einzuleiten, um ihre Kinder neu zu versichern, vor allem aber die Frage mit der offenen Rechnung zu regeln. Wir entschuldigten uns im Krankenhaus noch dafür, aber da das Geld inzwischen eingetroffen war, hatten sie keine weiteren Probleme damit.

Trotz der ganzen Folgeprobleme würde ich in einer ähnlichen Situation heute wieder so handeln. Aber für uns zeigt das immer wieder, das wir es doch eigentlich sind, die mitunter in rechtlich riskanten Lagen Entscheidungen treffen müssen, die uns eigentlich gar nicht zustehen. Das kommt nur dadurch, dass gerade die Rechtslage der Kinder welche unter solchen Bedingungen leben, manchmal auf wackligen Beinen steht

So gibt es für uns als in solchen Momenten Verantwortliche keine Legitimation in Form eines Ausweises, der uns berechtigt in solchen Situationen die Verantwortung tragen zu können oder zu dürfen.

Mathias

Bei Mathias war die Situation ganz anders, als bei seiner Schwester. Der Vater hatte ihn im Gegensatz zu Steffi als seinen Sohn anerkannt.

Das ließ er ihm im Alltag zwar nicht so recht spüren, aber dafür war die Oma richtig vernarrt in ihn, damals zumindest. Vater war irgendwo in der Nähe von Stuttgart gelandet und Oma und Opa wohnten noch in Berlin. Deshalb gab es in der Anfangszeit auch noch relativ regelmäßige, sogenannte Wochenendbeurlaubungen zu ihnen. Mathias fuhr da immer mit Begeisterung zu ihnen, während es Steffi jedes Mal weniger gefiel. Die Behandlung war einfach zu unterschiedlich. Mathias wurde förmlich jeder Wunsch von den Augen abgelesen, während Steffi, wenn überhaupt gerade Mal so aus einem gewissen Pflichtgefühl heraus bedacht wurde. Als Krönung kam er eines Tages mit einem großen Radiorekorder von einem Besuch zurück, welchen er von Opa geschenkt bekommen hatte.

Wir konnten das nicht verstehen, denn entweder hat man als Großelternteil mehrere Enkel und versucht die auch in etwa gleich zu behandeln oder man lässt das ganz.

So unterließ Steffi dann die Besuche in Berlin bei diesen Großeltern.

Mathias ist einen Monat älter als unser Sohn Lukas und somit gingen beide nicht nur in dieselbe Schule, sondern auch noch in dieselbe Klassenstufe. Zum Glück gab es aber noch zwei 5.Klassen und wir hatten bewusst versucht, Mathias in die Parallelklasse zu platzieren, was uns auch gelang. Wir wollten damit vermeiden, dass sich unsere Kinder mit dem Gefühl aufeinander aufpassen zu müssen in der Schule bewegten. Wir wollten ihnen damit die Möglichkeit erhalten, auch etwas von den Anderen unabhängig zu tun. Das klappte später nur einmal nicht, bei Kerstin und Katrin, aber da gab es nur noch eine 6.Klasse.

Als Mathias zu uns gekommen war, machte er in der Schule einen spürbaren Sprung in seinen Leistungen. Er brachte kurzzeitig wirklich nur gute Zensuren nach Hause und wollte damit beweisen, dass er auch etwas kann, denn Lukas hatte alles Einsen auf den Zeugnissen. Diese Beweise blieben aber genauso schnell wieder aus, als er merkte, dass er auf jeden Fall bei uns bleiben kann. Trotzdem kam er gut voran und schloss die Schulzeit ganz passabel ab. Die Parallelklasse hatte sich für die Beiden ab der 7.Klasse ohnehin erledigt, da Lukas als erster von unseren Kindern ans Gymnasium nach K. W. wechselte.

Mathias war auch charakterlich im Grundsätzlichen ganz anders als Steffi und das nicht nur, weil er ein Junge war. Als kleiner Stift soll er ziemlich jähzornig gewesen sein und er konnte sich nicht wirklich länger auf eine Sache konzentrieren. Auch hatte er schon in frühster Kindheit immer das Bestreben sich selbst stets als Benachteiligten zu sehen. Der Jähzorn legte sich, aber der gefühlsmäßig ständig Benachteiligte ist er nach wie vor noch, auch im Alter von über 18 Jahren.

Einmal nur bekamen wir diesen Jähzorn in vollem Umfang zu spüren. Es war unmittelbar nachdem er zu uns umgezogen war. Er und Mischa bekamen sich richtig in die Wolle. Heute weiß keiner mehr so recht, was der eigentliche Auslöser gewesen ist. Es endete schließlich damit, dass Mathias in der Stube auf Mischa saß und ihn kräftig traktierte und genau in diesem Augenblick kam ich dazu. Ich wusste wirklich nicht, warum das passiert war, aber ich war sofort gezwungen zu handeln. Mir blieb nichts weiter übrig, als ihn mit körperlicher Einwirkung von Mischa zu trenne. Worauf er mich angehen wollte. Seine Augen sprühten so richtig und er war einfach nicht in der Lage sich zu beherrschen. Er schrie mich an, dass er lieber abhauen würde und er tat das auch. Quer übers Feld vor unserem Haus stürmte er davon und ich ließ ihn laufen, obwohl mir dabei nicht ganz wohl zumute war. Aber ich hatte mich zum Glück nicht geirrt. Am Abend war er wieder da und einen Tag später konnten wir auch über die Sache reden. Zum Glück war dies eine absolut einmalige Situation.

Mathias hatte von seinem Vater immer ein glücksverklärtes, von ihm selbst erträumtes Bild. Das ist wohl bei einem Jungen in seiner Situation auch vollkommen normal. Je länger er von Vater nichts hörte, desto schöner wurden seine Wunschvorstellungen, die er sich von ihm machte.

Das war ein Punkt, an dem ich mich auch ganz gut in ihn hinein versetzen konnte. Meine Eltern ließen sich scheiden, als ich 12 war, genau im Alter von Mathias. Mein Vater zog erst zwei Jahre danach bei uns zu Hause aus und die Verbindung ist zu ihm vollkommen gerissen. Aber meine Gefühle waren damals ganz ähnlich. Nur stand an meiner Seite niemand Männliches weiter der mir in dieser Situation helfen konnte. Das kam erst viel später wieder. So redeten wir immer öfter darüber, ohne das wir einen Schritt weiter kamen. Das blieb dann bei Mathias auch bei allen später auftretenden Problemen so. Man konnte mit ihm fast immer über alles reden, ob logisch oder emotional, aber am Ende des Gesprächs standen wir immer wieder am Anfang, ohne in der Problemlösung auch nur einen winzigen Schritt weiter gekommen zu sein. Also würde beim Problem Vaterbild nur eine sogenannte Rosskur helfen. Das hieß konkret, dass Mathias seinen Vater einmal länger erleben musste. Wir trafen alle Absprachen und Mathias sollte drei Wochen in den Sommerferien zum Vater nach Stuttgart fahren, wo mittlerweile auch die Berliner Großeltern wohnten. Sein Vater übernahm sogar die Kosten für die Fahrkarte.

Was er dann in diesen Ferien im Einzelnen wirklich erlebt hat, haben wir nie 100%ig erfahren, aber mit diesen Ferien löste sich das verklärte Bild von seinem Vater förmlich in Luft auf. Er stand nach der Rückkehr beim Abholen vom Bahnhof mit Tränen in den Augen und meinte ganz spontan, dass er jetzt wieder zu Hause sei. Vom Vater war seit dieser Zeit nie mehr in glorreichen Bildern die Rede.

Wir waren mit dieser Aktion zwar ein gewagtes Risiko eingegangen, aber unser Gefühl hatte uns keinen Strich durch die Rechnung gemacht und am

Schluss hatten wir genau das erreicht, was wir wollten. Mit Reden hätten wir das wohl nie geschafft. Leider war es uns aber nicht möglich, spätere noch größere Probleme in derselben Art und Weise lösen zu können, wie das bei dem „Vaterproblem" der Fall war.

Da der Sport in unserer Familie immer eine große Rolle spielt, ging er auch an Mathias nicht vorbei. Er begann, wie unsere beiden Jungs im Verein Fußball zu spielen. Leider mit nicht so großem Glück. Nicht dass er etwa wesentlich schwächer gewesen wäre, aber leider erlitt er mit eine ziemlich heftige Meniskusverletzung im linken Knie. Diese musste zu allem Übel auch noch operiert werden. Aber wir dachten, dass wir gelernt hatten, und holten uns von seiner Mutter die Erlaubnis dazu vorher. Wir bekamen sie diesmal von ihr problemlos, auch für den Fall sie ambulant durchführen zu lassen. Das hieß dann, Mathias morgens nach L. zu schaffen und ihn gegen Mittag wieder abzuholen. Logisch, dass er vorher aufgeregt war und wir natürlich auch. Wie würde das sein, ihn frisch operiert wieder zu Hause zu haben? Zwar war von uns immer ein Erwachsener anwesend, aber die gesamte Situation war vollkommen neu, nicht nur für Mathias, sondern auch für uns. Als ich ihn am OP-Tag mittags wieder abholte, war er noch vollkommen benommen und wusste eigentlich erst einmal nicht so richtig, was mit ihm passiert war. Das legte sich dann erst so langsam im Verlaufe des Nachmittags. Um ihn zu Hause betreuen zu können, musste ich das Spritzen von blutverdünnenden Mitteln in den Oberschenkel lernen, damit er durch das längere Liegen keine Thrombose bekommen würde. Zum Glück war mir das wenigstens nicht ganz so unbekannt und eine Krankenschwester, die in der Nähe wohnte, half mir am Anfang dabei. Die Operation selbst war zwar ganz gut verlaufen, aber wohl doch nicht so perfekt, wie wir uns das erhofft hatten. Bereits kurze Zeit danach verdrehte sich Mathias dasselbe Knie wieder und der alte Schaden war wieder da. Also noch einmal alles von vorn, aber bitte nicht noch einmal ambulant. Der neue Termin kam ziemlich kurzfristig zustande und somit ging es in die zweite Runde. Für uns eigentlich auch ohne sichtbare größere Probleme. Die Operation selbst und die Genesung hinterher verlief auch ohne Schwierigkeiten, aber wir wurden wieder einmal mit einer Rechnung vom Krankenhaus überrascht. Diesmal hatte die Krankenkasse die Operation abgelehnt, weil wir uns den stationären Aufenthalt von Mathias nicht vorher von ihnen bestätigen haben lassen. Wieder endloser Schrift- und Telefonverkehr, endlose Gefechte, um Recht zu bekommen und vor allem die Kostenübernahme für die Operation durchzusetzen.

Wieder gingen Wochen ins Land mit Disputen und Diskussionen. Zum Glück war ich jetzt schon geübt darin, wenigstens das Krankenhaus zu vertrösten und sie fassten sich glücklicherweise wieder in Geduld. Endlich gelang es mir dann doch, die Krankenkasse von einer Zahlungsübernahme zu überzeugen.

Bei allen Fällen, bei dem es um Geld ging, konnten wir immer die letzten Konsequenzen und Drohungen abwehren und sie stets zu einem guten Ende führen, aber allein die stetigen Auseinandersetzungen mit den verschiedenen Institutionen waren aufreibend genug und gingen an die Nerven.

Mathias wurde aber wieder richtig gesund und konnte auch ohne Einschränkungen an seine Berufswahl gehen. Nur mit dem Fußball spielen war es vorbei. Dafür wechselte er zum Volleyball, um so wenigstens sportlich in Bewegung zu bleiben.

Mit Beginn der 10.Klasse wurde das Thema Lehrstelle aktuell. Für uns war das Neuland, da Mathias der Erste war, der in eine Lehre gehen sollte. Da hatten wir schon etwas Bammel davor, denn in der heutigen Zeit eine Lehrstelle bei uns auf dem Land zu bekommen war ein Problem. Wie eventuell mögliche Ausbildungsbetriebe auf seine Bewerbungsschreiben reagieren würden, konnten wir auch nicht so recht einschätzen. Es wurde aber alles viel einfacher als angenommen. Da unsere Familie und das, was wir machten, regional gut bekannt war, standen uns für ihn viele Wege und Möglichkeiten offen. Somit konnte er am Schluss aus drei Möglichkeiten einer Lehrstelle wählen, was schon einer kleinen Sensation gleich kam.

Er entschied sich dann für den Platz, welchen er sich selbst über eine Klassenkameradin besorgt hatte. Ihr Vater hatte eine Baufirma und obwohl er mit Lehrlingen keine guten Erfahrungen gemacht hatte, entschied er sich spontan Mathias zum Maurer auszubilden.

Die Umstellung von der Schule zur Lehre war für Mathias doch gewaltig. In der 10.Klasse gab es zum damaligen Zeitpunkt keine Abschlussprüfungen und somit konnte er das letzte Schuljahr locker abspulen, was sich aber mit dem Übertritt in die Lehre rapide ändern sollte. Das begann schon beim ersten Elternabend im Bauhof. Der verantwortliche Lehrmeister machte den Jungs nämlich gleich drastisch klar, dass die „lustige, demokratische Schulzeit" für sie ab sofort vorbei sei und diese durch die „Demokratie des Arbeitsmarktes" ersetzt wird

Die Begriffe kannte ich so auch noch nicht in der Form, aber so unrecht hatte der Meister wohl nicht.

Mathias erwischte einen Supereinstieg in die Lehre und bekam nach einigen Monaten von der Berufsschule das Angebot seinen Maurerabschluss im selben Zeitraum, mit einem Fachabitur zu verbinden. Dies war eine Chance, welche wohl nicht jeder bekommt und die er sich bis dahin auch vollkommen selbständig erarbeitet hatte, aber auch nutzen musste er sie selbst. Dafür kam er in eine neue Klasse und erhielt einen neuen Plan, wann er Schule und wann er praktische Ausbildung im Bauhof hatte. Auch dieser Umstieg klappte zu Beginn ganz prima. Seine neue Klasse fand er sogar um einiges besser weil das Niveau der Leute da einfach höher war. Da schienen wir bei Mathias einiges erreicht zu haben, glaubten wir zumindest damals. Auch seine Noten waren zum Anfang des Wechsels recht ansprechend. Leider war das alles nur zu Beginn so. Mit fortschreitender Zeit ergab sich, dass er offensichtlich doch nicht so leicht in der

Schule mitkam und immer weniger tat, denn etwas anderes trat an die Stelle der Schule, seine Freundin. Endlich schien er etwas zu „besitzen", was nur ihm gehörte, was zum jetzigen Zeitpunkt nicht einmal Lukas hatte und sofort ging er nur noch dafür auf. Wir kamen immer schwerer an ihn heran und wenn er einmal zuhörte, kam es für ihn meist so rüber, als ob wir es ihm einfach nicht gönnten. Dabei wünschten wir es ihm, dass er sich eine feste Beziehung aufbaut, die eventuell auch über einen längeren Zeitraum Bestand hätte, aber doch bitte kein Eigentumsanspruch an einem Mädchen, dem er auch noch in seiner Eifersucht vorzuschreiben versuchte, mit wem sie sich zu treffen hatte.

Ob es diese Freundschaft allein war oder er sich nun dachte, das sich auch die Schule von selbst erledigen würde ist uns bis heute nicht klar. Klar war jedoch nach Ablauf der Übergangszeit, dass er seine Riesenchance auf recht gute Art und Weise zum Fachabitur zu kommen vertan hatte und er wieder in eine normale Maurerklasse zurückgestuft wurde. Da er mittlerweile schon 18 war, musste er das auch selbst verantworten und vertreten, denn formal waren wir da nicht mehr zuständig. Aber welche Möglichkeit er sich damit wirklich durch die Lappen gehen lassen hat, wird er wohl erst in einigen Jahren begreifen, wenn es um seine weitere berufliche Entwicklung geht.

Mit diesem Scheitern gestaltet sich natürlich auch das Thema Jugendamt wieder komplizierter. Eigentlich sollte er nämlich schon nach der 10.Klasse in eine

Jugendwohngruppe, an einem Punkt, wo der sogenannte Weg ins Leben eigentlich erst richtig beginnt und nachdem er sechs Jahre bei uns gelebt hatte. Er müsste langsam lernen auf eigenen Beinen zu stehen.

Nun Fragen wir uns aber, welche halbwegs normale Familie sagt genau an diesem komplizierten Schnittpunkt von der Schule zur Lehre zu seinen Kindern: „So nun müsst ihr aber selbständig werden!" und das zu einem Zeitpunkt, wo die eigentlichen Probleme des Lebens erst losgehen und sich ihr Leben komplett umkrempelt. Wohl kaum eine. Wir aber sollten genau das Mathias antun? Zum Glück konnte ich das aber noch einmal abwenden und für ihn erst einmal den Aufenthalt bei uns bis mindestens zum 18. Geburtstag sicherstellen.

Dann ging das Ganze aber wieder von vorn los, denn die Jugendämter haben entdeckt, dass die Jugendlichen vom Gesetz her mit 18 ja volljährig sind und somit für sich selbst verantwortlich. Also können sie auch aus den Betreuungsstellen herausgenommen werden, denn damit lässt sich ja hervorragend Geld sparen. Das für die meisten Betroffenen genau diese Entscheidung heißt, dass sie wieder dahin zurückkehren müssen, wo sie herkommen, interessiert dabei wenig. Auch nicht, dass genau dort der Teufelskreis wieder losgeht und alles von vorn beginnen kann. Wichtig scheint zumeist nur, ob der „Vorgang per Aktenlage" erledigt ist.

Nach dem Kinder- und Jugendhilfegesetz geht der Anspruch auf Hilfe für den heranwachsenden Jugendlichen um einiges weiter als bis zur Vollendung des

18. Lebensjahres, aber dieser Bedarf muss auch dementsprechend nachgewiesen werden..

Also kämpften wir für Mathias wieder vor dem 18.Geburtstag und dabei kam uns eigentlich der mögliche Wechsel zum Fachabitur zu Hilfe, denn allzu oft erlebt so etwas ein zuständiges Jugendamt auch nicht. Damit gelang es uns die Zusage bis zum Abschluss der Lehre zu erhalten, wenn er das Fachabitur ablegt. Auch wurde ihm das Angebot gemacht, dass sich das Jugendamt anteilig an den Kosten zum Erwerb des Führerscheins beteiligen wolle. Aber eben immer in Verbindung mit dem Fachabitur.

Nun müssen wir bis zum Sommer warten ob er auch noch das dritte Lehrjahr bei uns verbleiben darf.

Polen

Das Schuljahr 1996/97 ging zu Ende und wieder ist die Zeit so schnell vergangen, so schnell wie sie auch die ganzen folgenden Jahre vergehen sollte. Es kam wieder die schönste Zeit des Jahres – die Ferien und Ferien im Sommer hieß auch, mindestens ein paar Tage verreisen. Das war zu diesem Zeitpunkt noch viel einfacher als heute, da damals von den Jugendämtern auch noch ein vernünftiger Zuschuss gezahlt wurde.

Sicher gehen die Meinungen zum Thema Urlaub auseinander. Oft hören wir, warum wir denn überhaupt mit den Kindern in den Urlaub fahren müssen. Oder noch häufiger wird gesagt, dass diese Kinder dem Staat ohnehin schon genug Geld kosten und andere Familien ja auch nicht in den Urlaub fahren könnten. Dies mag formal auch richtig sein, aber wenn ich dagegen betrachte, was unsere Kinder schon alles an negativen Erlebnissen über sich ergehen lassen mussten, sollten sie schon die Möglichkeit erhalten, auch einmal über den sogenannten Tellerrand hinaus zu schauen. Deshalb stehen wir eigentlich immer zu den Urlaubsfahrten.

Das die Organisation von finanziellen Mitteln für die Reisekasse von Jahr zu Jahr immer schwieriger werden würde, konnten wir damals allerdings nicht ahnen und gegenwärtig bewegen wir uns auf einen Punkt zu, wo Ferienreisen ohne zahlungskräftige Sponsoren fast nicht mehr möglich sind.

Damals stand aber erste einmal der Urlaub an der polnischen Ostseeküste an. Wir hatten wieder ein Haus gemietet und wir fuhren wieder mit zwei Autos, wie im Vorjahr, nur dieses Mal in nördliche Richtung. Unterwegs sammelten wir noch Steffi und Mathias ein, da sie von ihren Großeltern kamen. Das wäre beinahe schief gegangen, da ich am Telefon einen Treffpunkt ausgemacht hatte, den es gar nicht gab. Zum Glück war ihr Opa cleverer als ich, sodass wir die Reise mit kompletter Besatzung fortsetzen konnten. Die Fahrt war in diesem Jahr auch nicht ganz so weit, aber mit zwei Autos und nur zwei Fahrern war sie doch anstrengend. Für unsere Pflegekinder war die Begegnung mit der Ostsee die erste und als sie das erste Mal am Strand standen, gingen die Münder gar nicht wieder zu. Für sie war so viel Wasser an einer Stelle nicht so einfach zu begreifen und so tasteten sie sich auch erst einmal langsam ans Wasser heran. Das Baden in der Ostsee war an dieser Stelle gar nicht ungefährlich, da es dort sofort steil und mit einem kräftigen Sog ins Wasser ging. Das hat aber dem Badespaß keinen Abbruch getan. Da wir wieder einmal mit dem Wetter Glück hatten, ging es natürlich jeden Tag an den Strand und dabei verging die eine Woche wie im Flug. Schneller wie uns lieb war hieß es wieder Koffer packen und ab in Richtung Heimat. Darüber waren unsere Kinder weniger froh, was auch bei allen folgenden Urlaubsfahrten so bleiben sollte.

Dank vieler Helfer, vor allem in finanzieller Hinsicht, konnten wir unseren Kindern noch einige Länder Europas zeigen und ihnen dadurch die Möglichkeit eröffnen auch einmal zu sehen, wie es den Leuten geht, die vollkommen andere Lebensbedingungen haben als wir zu Hause.

Peter

Langsam, Schritt für Schritt, fühlten wir uns in unserem Haus wirklich wohl. Nicht dass wir uns in den vergangenen Jahren nicht wohl gefühlt hätten, aber die Veränderungen in unserer ursprünglichen Familie waren doch für uns gewaltig und so richtig Ruhe und Ausgeglichenheit war noch nicht eingekehrt. Dies sollte auch noch Jahre dauern, bis wir dies wirklich erreichten und selbst dann liefen immer noch Dinge und Prozesse die uns immer wieder in den Grenzbereich unserer Möglichkeiten und Fähigkeiten drängten und wir uns ständig hinterfragten, was wir uns denn eigentlich mit unserem Projekt alles angetan hatten.

Ein drückendes Problem war damals, dass wir immer noch nicht voll ausgelastet waren. Nicht etwa das wir etwa lange Weile gehabt hätten, aber der Pflegesatz war nun einmal auf sechs Plätze ausgelegt und daran fehlte im dritten Jahr immer noch ein Kind, für den letzten Platz. Damit stieg auch stetig der Druck noch mehr tun zu müssen, um auch den letzten Platz belegt zu bekommen. Wir versuchten es nochmals mit Rundschreiben an alle uns bekannten Jugendämter, um uns beständig in Erinnerung zu bringen. Aber die erhoffte Resonanz blieb leider aus. Diese sollte, für uns bis heute nicht nachzuvollziehen, erst später einsetzen, nämlich als wir wirklich für längere Zeit vollständig ausgelastet waren. Aber vorerst war nichts zu machen. Unser Träger verlangte mit mehr Nachdruck, dass etwas passieren müsste. Aber unser Supervisor versuchte uns zu beruhigen, ohne uns dabei wirklich zu überzeugen und wir standen betroffen da, immer hoffend, dass doch noch alles gut gehen würde.

In dieser Situation kam aus dem Nachbarkreis eine Anfrage. Ein Junge im Alter von unseren beiden Großen, zur Zeit in einem Heim untergebracht und wie fast immer mit einer aufregenden Vergangenheit sollte in einem kleineren Rahmen weiter betreut werden. Endlich eine Möglichkeit den Druck zu überwinden. Wir sahen uns die Geschichte von Peter an und eigentlich sprach vom ersten Moment alles gegen eine mögliche Aufnahme bei uns. Wenn da die leidige Ökonomie nicht gewesen wäre.

Peter war ein typisches Experimentalkind des Jugendamtes. Schon im Kindergartenalter war nach einer Diagnose empfohlen worden, ihn aus seiner Herkunftsfamilie heraus zu nehmen und ihn im kleineren Rahmen zu betreuen, was sich aber über Jahre bis zu einer Entscheidung hingezogen hatte. Sein schlimmstes Erlebnis in dieser Zeit war, dass ihn seine eigene Mutter im Suff auf der Straße nicht erkannt hatte, obwohl er noch bei ihr zu Hause lebte. Das hatte für Peters Entwicklung natürlich fatale Folgen. Als er dann mit 10 Jahren ins Heim kam, wurde ihm auch noch über Monate vorgegaukelt, ihm eine neue Familie zu suchen. Damit waren wohl seine Probleme eindeutig vorprogrammiert und seine Chancen auf einen möglichen, relativ normalen weiteren Entwicklungsweg gehörig minimiert.

Also entschlossen wir uns, Peter in seinem Heim zu besuchen. Von den Kolleginnen dort bekamen wir eine Vielzahl weitere Informationen die uns vom zuständigen Jugendamt vorenthalten worden waren. Dies verwunderte uns aber nicht, denn das bei wirklichen Problemen üblicherweise die Wahrheit nur scheibchenweise, oder manchmal auch gar nicht gegeben wurde ist halt üblich, wenn auch unverständlich.

Danach begegneten wir Peter zum ersten Mal und dabei geschah wohl auf beiden Seiten gar nichts. Kaum ein Blickkontakt, kaum ein Gespräch, geschweige denn das ein sogenannter Funke übersprang. Aber vielleicht brauchten wir alle nur etwas Zeit.

Trotzdem standen die Signale auf beiden Seiten auf Ablehnung. Selbst unsere Psychologin war der Auffassung, dass es ein höchst riskanter Versuch wäre, da keinerlei Anknüpfungspunkte zu finden waren. Wir machten trotzdem weiter. Vor allem das Jugendamt war voll überzeugt, dass Peter in so einem Umfeld wie wir es hatten, einfach gut zurecht kommen würde. Ein für alle Seiten fataler Irrtum.

Also lief die Aufnahmeprozedur ab. Wir trafen uns noch mehrmals mit ihm, er besuchte uns einige Male und zog schließlich bei uns ein. Ob Peter dabei wirklich so wohl zumute war, wie uns die Kolleginnen vom Jugendamt einreden wollten, haben wir nie erfahren.

Jetzt standen alle Seiten unter einem enormen Zwang, nämlich etwas zu erreichen, was sich eigentlich nicht erzwingen ließ. Gerade in unserer Konstellation mit den doch ziemlich engen Beziehungen und Gefühlen, verbunden mit unserem straffen Tagesablauf und dem Regelwerk in der Familie kann nicht jeder zurechtkommen.

Am Ende war es dann bei Peter auch so. Natürlich versuchten jetzt erst einmal beide Seiten miteinander klarzukommen. Peter ging anfänglich normal zur Schule, was ihm auch keine großen Schwierigkeiten bereitete, denn intelligent war er. Auch versuchte er mit den anderen Kindern bei uns klarzukommen, aber irgendetwas stimmte ständig nicht. Er wurde Stück für Stück von den anderen ausgegrenzt. Er macht im zunehmenden Maße sein eigenes Ding und wir stießen natürlich auch ziemlich oft mit ihm zusammen. So blieb nicht aus, dass er nach der Schule nicht immer auf dem direkten Weg nach Hause kam.

Er machte das, was er schon immer getan hat. Er ging auf Tour. Logischerweise mussten wir dementsprechend handeln und wurden dadurch bei der Polizei ziemlich schnell bekannt, denn wenn Peter unterwegs war, mussten wir dies immer der Polizei melden. Er stellte dabei niemals größeren Blödsinn an, nein er lief einfach nur weg. Oft holte ich ihn mitten in der Nacht von seiner Oma ab, die über 50 km weit weg wohnte und zu der er sich wirklich hingezogen fühlte. Leider war es ihr aber nicht möglich Peter ständig zu nehmen, weil sie selbst krank war und ob es gut gegangen wäre, darüber kann man auch nur spekulieren.

Schritt für Schritt gelangten wir an den Punkt wo das Zusammenleben für Peter und uns kaum noch zu ertragen war. Das sahen als Einzige die Kolleginnen des Jugendamtes anders.

Peter spürte immer deutlicher, dass wir für ihn doch nicht das waren, was er sich eigentlich gewünscht hatte und vor allem was er brauchte. Wir waren einfach zu groß und vor allem zu eingespielt für ihn.

Es schien immer mehr, dass wir vor der Wahl standen uns entweder vollständig und ausschließlich Peter zu widmen oder uns um die anderen sieben zu kümmern. Es konnte nur eine Entscheidung geben. Dabei unterstellten wir Peter nichts wirklich Böses. Er war nicht aggressiv, machte nichts kaputt, sondern er lief einfach nur ständig davon. Ihm schien mittlerweile vollkommen egal zu sein, was mit ihm passieren sollte. Seine möglichen Wünsche und wahrscheinlichen Träume in Bezug auf uns waren offensichtlich einfach nur geplatzt. Damit waren wir für ihn nur noch eine Station auf seinem weiteren Weg durch eventuell folgende Einrichtungen und Instanzen.

Und wir? Welche Bedeutung hatte unser Scheitern mit Peter? Machten wir ähnliche Fehler auch mit den anderen Kindern? Waren wir etwa zu streng oder waren unsere Werte und Normen etwa vollkommen falsch? Zweifel über Zweifel kamen uns, immer und immer wieder. Mit der Hilfe aus unserer unmittelbaren Umgebung kamen wir zu dem Schluss, dass wir objektiv Grenzen hatten und die hatten wir offensichtlich mit Peter überschritten. Man kann auch in so einer Betreuungsform wie der unsrigen nicht alles erreichen, nicht jeden umkrempeln und vor allem auch nicht über unseren eigenen Schatten springen. Nach dem nächsten Ausflug von Peter war für uns Schluss. Beide Seiten konnten und wollten nicht mehr miteinander. Auch Peter war zu der Überzeugung gelangt, dass er bei uns einfach nicht mehr leben konnte. Nur was nun?

Die einzige Alternative für ihn war, wieder in ein Heim zurückzugehen und die erste mögliche Alternative war natürlich unser Stammhaus. Also versuchten wir das vorsichtig vorzubereiten, denn es galt mit den Kolleginnen vom Jugendamt klarzukommen.

So kam es auch zu dem entscheidenden Gespräch. Ich werde das verdutzte Gesicht der beiden Frauen so schnell nicht vergessen, als ich auf ihre Frage, ob wir es nicht doch noch einmal mit ihm versuchen wollten, konsequent mit „Nein" antwortete. Sicher auch für sie eine herbe Enttäuschung und ein Knacks im schönen, heilen Bild von unserem Kinderhaus, aber für uns war dies nur eine Folgeentscheidung der wirklichen Tatsachen. Das jahrelange Herumexperimentieren mit Peters Herkunftsfamilie und die viel zu spät getroffene Entscheidung, ihn aus dieser herauszunehmen, sowie das danach aufgebaute Lügengespinst mit den ständigen Hoffnung schüren auf ein neues Leben, vollkommen Schöneres in Form von einer Familie hatten Peter schon vor der Zeit bei uns kaputt gespielt. Leider waren auch wir mit ihm überfordert.

Wir gingen jedoch nicht im Groll auseinander, weil wir alle die Situation begriffen hatten. Später sahen wir uns auch noch ab und zu im Haupthaus und konnten auch das eine oder andere Wort miteinander wechseln, aber zu mehr hat es auch dort nicht gereicht. Auch kam er dort nie wirklich zurecht und irgendwann zog er von dort aus weiter.

Was aus ihm geworden ist, wissen wir genauso wenig, wie von anderen Kindern, die uns vorzeitig wieder verlassen haben.

Bulgarien

Irgendwann hatte ich beim Abendessen gesagt, dass wir einmal alle mit dem Flugzeug in den Urlaub fliegen würden. Da aber Erwachsene Kindern gegenüber nicht lügen sollten, oder wenigstens nicht allzu oft, musste ich mein Versprechen auch einlösen. Was dann darauf folgte, war mit das Verrückteste, was wir gemeinsam unternommen haben. Fast alle, die davon hörten, schüttelten entweder den Kopf oder betrachteten das als ziemlich verrückt.

Das Hauptproblem war natürlich die Finanzierung. Das Ganze wäre natürlich auch nur lohnenswert, wenn wir nicht nur eine Woche Flugreise buchen würden, sondern es sollten schon zwei sein. Vom Land Brandenburg aus zu starten konnten wir auch vergessen, da bereits Sommerferien waren und damit die hohen Preise der Reiseveranstalter galten. Aber Sachsen hatte noch keine Ferien und der Flughafen in Dresden war für uns per Autobahn in einer guten Stunde immer erreichbar. Das Geld der Jugendämter würde gerade für den Hin- und Rückflug reichen, also hieß es wieder einmal Sponsoren suchen. Nur wo? Zunächst ging es erst einmal an größere Sponsoren. Das hieß eine Menge Briefe schreiben, welche aber fast alle ohne Erfolg blieben. Für Quelle, Weltbild, McDonald oder gar die Sparkasse waren wir einfach zu klein und damit von der Werbewirksamkeit für diese Unternehmen zu uninteressant. Wir mussten schon wo anders suchen. Wieder half uns der Zufall in Form eines Vertreterehepaares von Bertelsmann.

Obwohl ich von solcher Art Verkäufer eigentlich nicht allzu viel halte, kamen wir ziemlich schnell ins Gespräch. Die Beiden waren von unserer Sache an sich und von der Urlaubsidee mit den Kindern sofort begeistert und versprachen uns, bei der Umsetzung zu helfen. Da sie selbst als Teil einer Gruppe tätig waren, versuchten sie auch ihre Kollegen für unsere Idee zu gewinnen, was ihnen auch gelang. Gemeinsam mit ihnen und unseren treuen Helfern aus der unmittelbaren Umgebung unseres Kinderhauses gelang es uns, die zur Buchung notwendige Summe aufzutreiben, was für uns schon fast einer Sensation gleich kam. Schließlich hatten wir sogar noch Geld übrig, um etwas mit in den Urlaub zu nehmen. Der Jubel war natürlich groß.

Es ging im Sommer 1998 mit zwei Autos endlich los in Richtung Flughafen Dresden.

Dort begann bereits der erste interessante Teil unserer Reise, denn wir wurden nicht nur freundlich und mit Wohlwollen betrachtet. Einige unserer Mitreisenden waren der Meinung das es ziemlich unverschämt sei, mit so einem Haufen „Gören" in den Urlaub zu fliegen und überhaupt dem Staat mit so vielen Kindern auf der Tasche zu liegen. Denen war in ihrem Ärger vollkommen entgangen, dass die Kinder gar nicht alle unsere eigenen sein konnten. Schon vom Aussehen her wäre das gar nicht möglich gewesen. Aber vielleicht kam die Verstimmung auch nur daher, weil sie genau das, was sie selber taten, Leuten mit so vielen Kindern einfach nicht gönnten. Dieselben Typen trafen wir später auf dem Rückflug wieder, aber leider gaben sie uns keine Auskunft, ob ihr Urlaub auch so schön war, wie unserer.

Die Dame am Abfertigungsschalter war eher etwas belustigt darüber, dass wir gleich zwei Reihen im Flugzeug belegen wollten. Sie hatte damit aber sonst überhaupt keine Probleme. Im Transitraum mussten wir ziemlich lange warten, denn der Flug hatte Verspätung. Endlich ging es dann los. Eine wirklich tolle TU 154 von Balkan Airline erwartete uns.

Mathias war so aufgeregt, das er ununterbrochen plapperte und erst in der Luft vollkommen erschöpft einschlief.

Katrins Rückenlehne klappte unerwartet vollkommen zurück, als sie sich setzen wollte und sie fragte erschrocken, ob sie etwas kaputt gemacht hätte. Auch insgesamt machte die Maschine einen wenig vertrauenswürdigen Eindruck. Trotzdem kamen wir mit mehreren Stunden Verspätung gut in Varna an. Vollkommen erschöpft ging es ins Hotel und dort bekamen wir einen richtigen Schock in der Morgenstunde. Wir landeten in einem vollkommen heruntergekommenen Haus. Die Zimmer waren katastrophal, in den Duschen schimmelten die Wände, die Betten waren wirklich schlimm und das Frühstück war furchtbar.

Na toll, dieser Aufwand vorher, die große Freude auf den Urlaub und dann diese Pleite. Sollte alles etwa umsonst gewesen sein? Doch bitte, nicht mit uns! Wir platzierten uns im Foyer und machten klar, dass wir hier nicht noch eine Nacht länger bleiben würden. Natürlich versuchte man uns mit allen möglichen Versprechungen zum Bleiben zu überreden, was aber von vornherein zum Scheitern verurteilt war. Darum bekamen wir zwei weitere Hotels genannt, in denen wir unser Glück versuchen sollten und wir hatten viel Glück. Damals war der Bulgarienboom noch nicht ausgebrochen und so kamen wir in ein prima Hotel im 15.Stockwerk mit Meerblick unter. Die Leute im Hotel waren froh eine ganze Truppe beherbergen zu können und wir waren froh, dass sich der ganze Aufwand in der Vorbereitung nun doch zum Guten gewendet hat.

Den einen Tag Urlaubsverlust durch unseren Aufstand konnten wir verschmerzen. Die Tage danach waren einfach nur herrlich. Vom Besuch eines Delphinariums, über eine Segeltour auf dem Schwarzen Meer mit Delfinen in freier Wildbahn bis hin zum Wetter stimmte wirklich alles.

Ein Erlebnis sollte sich uns aber besonders einprägen. Wir hatten uns einen Kleinbus mit Fahrer gemietet, was damals in Bulgarien ziemlich preiswert war. Den Fahrer brauchten wir dazu dringend, da man sich nicht so ohne weiteres mit einem Auto außerhalb der sogenannten, extra bewachten Urlauberzone bewegen sollte. Wir wollten zu einem entfernten Kap fahren, was sich unterwegs selbst mit dem einheimischen Fahrer als ziemliches Abenteuer entpuppte. Außerhalb des Strandstreifens waren überall Polizeisperren errichtet, wahrscheinlich um die Touristen zu schützen, oder aber den Blick auf bestimmte Dinge einzuschränken. An so einer Sperre musste dann auch unser Fahrer halten. Er stieg aus und ging mit einem Polizisten hinter das Auto. Wir dachten im ersten

Moment, ob wir den wohl jemals wieder sehen würden, aber gleich darauf stieg er quietschvergnügt wieder ein und weiter ging es. Nach einigen Minuten zeigte er uns mit Daumen und Zeigefinger das überall bekannte Zeichen für Geld und meinte, dass auch Polizisten von etwas leben müssten. Nachdem der erste Posten bestochen war, durften wir bei allen anderen Kontrollen gleich weiterfahren. Unser Fahrer zeigte uns dann auch Wohngebiete, wohin sich normalerweise keine Touristen verirren. Da wurden die Augen unserer Kinder immer größer. Solche heruntergekommenen Ecken hatten wir auch noch nicht gesehen. Überall herrschte die blanke Armut.

Das ist ein Erlebnis, was man durch Erzählen den Kindern nicht anschaulich machen kann, was aber durch das eigene Sehen von ihnen einen nachhaltigen Eindruck hinterlässt.

Trotzdem war unser Urlaub wieder einmal Spitze. Zufrieden und voller Erlebnisse landeten wir zwei Wochen später wieder in Dresden.

So etwas per Flugzeug für alle zu organisieren ist uns aber später nicht wieder gelungen, aber Urlaub muss ja nicht immer nur bedeuten mit dem Flugzeug zu fliegen.

Trixi zum Zweiten

Es gab zuerst das Gerücht, dass Trixi wieder in unserer Nähe wohnen sollte und es ihr gar nicht so gut gehe. Es gab das Gerücht, dass das Jugendamt wieder einmal eingreifen musste und sie wieder von ihrer Mutter weg sollte. Wir aber wollten oder sollten dies nicht hören. Eigentlich waren wir voll belegt und was sollten oder könnten wir tun?

Aber der Anruf kam doch und zwar mit der vorsichtigen Anfrage, wie wir zu einer erneuten Aufnahme stehen würden. Wieder einmal war alles mit ganz vielen Fragezeichen und Rätseln versehen. Nur dieses Mal hörten wir ganz genau hin.

Trixi war tatsächlich mit ihrer Mutter aus S. zurückgekehrt und besuchte jetzt in K. W. einen Kindergarten, der nur 300 m von Andreas Schule entfernt lag. Sie waren sich beide aber zum Glück noch nicht begegnet.

Es war, wie nicht anders zu erwarten, bei Trixis Mutter wieder nicht gut gegangen. Die gesamten Verhältnisse waren mehr als undurchsichtig. Natürlich spielte der Alkohol und eine ganze Reihe von Männern wieder eine unrühmliche Rolle.

Trixi war schon vor dem Sommer von ihrer Mutter weggenommen und in eine Pflegestelle untergebracht worden. Sie selbst kam dort genau so wenig zurecht, wie die dort Verantwortlichen mit ihr. Also musste sie aus der ersten in eine weitere Pflegestelle wechseln, wo das gleiche Spiel noch einmal von vorn begann.

Trixi brachte alles durcheinander und keiner kam mit ihr klar.

Sie verblüffte alle und stellte ganz eindeutige Forderungen. Sie wollte um jeden Preis wieder nach Hause und das hieß in ihrem Fall zu uns. Welch einen tiefen Eindruck müssen wir bei ihr hinterlassen haben, denn sie war ja noch nicht einmal fünf Jahre alt, als sie bei uns herausgerissen wurde, nachdem wir schon die dritte Pflegestelle waren. Sie überstand augenscheinlich die traumatischen Erlebnisse der Trennung von uns, ihre Eindrücke aus S., den Umzug nach K. W. und weitere zwei Pflegefamilien und formulierte mit nicht einmal sechs Jahren deutlich: „Ich will nach Hause zu Schönes!" Zum ersten Mal in ihrem jungen Leben setzte sie sich auch gegen die Ämter durch und forderte uns einfach so ein.

Wenn das aber so einfach gewesen wäre. Lange und mit sehr gemischten Gefühlen dachten wir nach. Sind wir wirklich in der Lage das Drama Trixi nochmals in vollem Umfang zu erleben? Können wir die möglichen Konsequenzen aushalten und vor allem all das Erlebte gemeinsam aufarbeiten? Wir wussten es nicht. Das Jugendamt versicherte uns, jetzt wirklich alles bis ins Detail zu regeln und uns nicht erneut im Regen stehen zu lassen. Aber was wir von solcher Art Versicherungen zu halten hatten, wussten wir ja bereits zur Genüge. Offensichtlich waren sie ziemlich in Zugzwang, denn sie hatten gleich zwei Probleme. Zum einen, dass ihre Beteiligung am Scheitern beim ersten Mal nicht ganz unerheblich war und zum anderen kam zur Zeit keiner mit Trixi in irgendeiner

Form klar. Sie verschloss sich einfach nur, verweigerte sich gegenüber ihrer jetzige Pflegefamilie und wollte einfach nur zu uns.

Wir sagten schließlich doch zu. Andrea und ich machten uns am 5.September 1998 mit bangem Herzen und widersprüchlichen Gefühlen auf den Weg nach G., Trixis jetziger Pflegestelle.

Wir mussten zuerst in einer Neubausiedlung etwas suchen, um das richtige Haus zu finden, aber das war gut so, denn wir waren viel zu aufgewühlt. Wie würde sie wohl aussehen und vor allem wie würde sie auf uns reagieren? Schließlich war ich es gewesen, der sie nach S. verfrachtet und der im Prinzip nichts für ihre „Befreiung" getan hatte. Würde das alles eine Rolle spielen oder würde sie einfach nur froh sein, wieder bei uns sein zu können? Endlich waren wir am richtigen Haus und da stand sie in der Tür, in einem Sommerkleidchen. Groß war sie geworden und ziemlich schlank. Blass, wie fast immer, sah sie aus und ihre Augenringe hatte sie auch noch. Sie stand einfach nur so da und sagte nichts. Als ob wir Geister waren. Brav gab sie uns die Hand und das war schon alles. Hat sie da schon geglaubt, dass wir sie wieder mit zu uns nehmen würden? Oder dachte sie etwa wieder nur an so eine kurzfristige Aktion?

Wir konnten und wagten es nicht einzuschätzen.

In dem Haus wo sie die letzten Wochen gewohnt hatte, hätte ich auch nicht wohnen wollen. Es war zwar vollkommen neu und Platz war auch reichlich vorhanden, aber alles wirkte irgendwie steril und nicht wirklich kinderfreundlich. Auch ihre derzeitige

Pflegemutti machte auf uns nicht gerade den warmherzigsten Eindruck, obwohl wir uns da aufgrund der gesamten Situation durchaus täuschen konnten. Schließlich war sie ja irgendwie mit Trixi gescheitert, so wie es uns mit Peter zur zeit ging und da ist man halt nicht so hocherfreut, wenn die Nachfolger erscheinen. Trixi räumte ihr zuletzt benutztes Spielzeug auf und wir erledigten den stets dazu gehörenden Schriftkram und dann konnte es endlich losgehen.

Andrea stieg mit Trixi hinten in unseren Renault ein und erst jetzt zeigte sie ihre erste wirkliche Regung. Sie fiel Andrea um den Hals und sagte: "Stimmts ihr seid meine Mama und mein Papa und ihr gebt mich nie wieder her?" Erst jetzt schien sie zu glauben, dass sie wirklich wieder zu uns durfte. Vielleicht hatte gerade diese Hoffnung ihr geholfen über die erneut schlimme Zeit für sie hinwegzukommen und dabei auch an sich zu glauben. Wie ich nach diesem Satz das Auto wieder nach Hause bekommen habe, kann ich im nachhinein eigentlich gar nicht mehr sagen, aber zum Glück ist auf diesem Weg nichts passiert.

Schon vor ihrer Rückkehr haben wir uns den Kopf zerbrochen, wo sie jetzt einziehen sollte. Eigentlich waren alle Zimmer belegt und allzu weit weg von uns sollte sie auch nicht schlafen müssen. Wir mussten ja mit ziemlicher Sicherheit damit rechnen, dass sie in der Nacht mit Alpträumen oder ähnlichem zu kämpfen hatte. Ein anderes Kind deswegen zu verlegen, kam eigentlich auch nicht in Frage. Also, was tun?

Zum Glück war Mischa sofort bereit, Trixi vorübergehend mit in sein Zimmer aufzunehmen und da das damals unmittelbar neben unserem Schlafzimmer lag, passte das. Wir waren aber darüber auch erstaunt, dass Mischa so wenig Probleme damit hatte, denn eigentlich war er es der mit den anderen manchmal nicht so richtig zurecht kam. Trixi war eben seiner Meinung nach etwas anderes. Es funktionierte auch ganz gut. Wir bauten sein Hochbett halt kurzerhand zu einem Doppelstockbett um und Platz für zwei noch nicht ganz so große Kinder war ja ohnehin genug vorhanden.

Bei Trixis Einkehr ins Haus zeigte sich, dass sie doch nicht mehr alle Einzelheiten wusste. So konnte sie sich nicht mehr genau an alle Kinder erinnern, was aber überhaupt kein Problem darstellte. Schnell lebte sie sich wieder ein und war als Jüngste Hahn im Korb, auch wenn Kerstin mitunter ziemlich eifersüchtig wurde.

Da wieder einmal nicht endgültig geklärt war, wie lange Trixi diesmal bleiben konnte, ging sie vorerst auch noch nicht in den Kindergarten. Sie sollte auch erst einmal zur Ruhe kommen. Das war aber gar nicht so einfach.

Jeden Abend, wenn es ins Bett ging, setzten die alten Ängste wieder ein. Beim „Gute Nacht" sagen wollte sie uns fast nie gleich wieder loslassen. Ständig stand die Frage, ob sie denn jetzt bleiben dürfe oder wieder weg müsse. Wenn wir mit ihr allein irgendwohin fuhren, waren in ihren Augen immer wieder dieselben Fragen zu lesen. „Schafft ihr mich wieder weg oder nicht?" – „Wo schafft ihr mich jetzt wieder hin?" – „Kann ich wieder mit euch zurückkommen?" Auch die Alpträume setzten ganz massiv wieder ein. Da war nur gut, dass Mischa so einen tiefen Schlaf hatte, denn es verging kaum eine Nacht ohne das wir raus mussten, um sie zu trösten und zu beruhigen.

Für uns war eigentlich von Beginn an klar, dass eine nochmalige Trennung von uns nicht in Frage kommen würde, denn dann wäre Trixi wohl vollkommen kaputt gespielt. Aber so einfach war das auch dieses Mal leider nicht. Oma und Opa hatten ihre Ansprüche angemeldet und wollten vorm Amtsgericht das Sorgerecht erstreiten. Falls ihnen das gelingen sollte, müsste Trixi dann doch wieder von uns weg, wieder zurück in ihr altes Umfeld mit all den Unsicherheiten und den Gefahren. Hinzu kam noch die Schwester von Trixis Mutter und deren unheimlicher Freund die beide eine Rolle spielten, die uns bis heute doch reichlich seltsam erschien.

Diesmal jedoch wollten wir besser vorbereitet sein. Wir versuchten, das in unseren Kräften stehende zu tun. Wir führten intensive Vorgespräche mit dem Jugendamt, bezogen die ehemalige Familienhelferin mit ein und versuchten von einem psychiatrischen Dienst eine Art Gutachten zu bekommen, um die momentane Situation Trixis aus dieser Sicht beleuchtet zu haben. Dies gelang uns zwar nicht, aber wir hatten genug Leute aufmerksam gemacht und damit konnte das ganze Verfahren nicht so heimlich ablaufen, wie das beim ersten Mal der Fall gewesen war.

Der Verhandlungstag rückte näher und unsere Nervosität nahm zu. Zu unserem Leidwesen erfuhren wir noch kurz vorher das ich zum Prozess selbst nicht zugelassen war und die Verhandlung nicht öffentlich geführt wurde. Also konnten wir nicht einmal präsent sein, geschweige denn selbst eingreifen. Wir konnten nur hoffen und warten. Doch es ging diesmal gut. Trixis Mutter wurde das Sorgerecht entzogen und es wurde nicht den Großeltern, sondern dem Jugendamt übertragen. Trixi stand damit ab sofort unter Amtsvormundschaft. Das erleichterte uns nicht nur die ganze Sache erheblich, sondern es war auch Klarheit geschaffen wurden. Sie konnte wirklich bei uns bleiben. Wir bekamen also eine zweite Chance, Trixi das zu geben, was wir beim ersten Mal nicht mehr realisieren konnten. Vor allem konnten wir endlich langfristig planen und sie auch wirklich beruhigen.

Peter hatte uns inzwischen verlassen und somit konnte Trixi umziehen und Mischa hatte sein Zimmer wieder für sich alleine. Das wurde auch so langsam Zeit, denn sie fing nun doch an, Mischa zu nerven. Zum Glück verzichteten Trixis Großeltern auf Widerspruch und somit wurde das Urteil rechtskräftig.

Da wir mit der für Trixi zuständigen Kollegin vom Jugendamt schon mehrfach zusammengearbeitet hatten, waren vorerst auch keine größeren Probleme von dort zu erwarten.

Nur Trixis Tante und deren seltsamer Freund gaben noch kein Ruhe. Ob sie sich irgendetwas in Richtung von Trixi ausgerechnet hatten und Oma und Opa nur der Vorwand sein sollten, war für uns nicht so ganz zu erkennen. Sie kamen anfänglich ziemlich regelmäßig zu Besuch und besonders er unternahm dabei ziemlich viel, Trixi für sich zu vereinnahmen. Glücklicherweise hatten wir in der Zwischenzeit erhebliche Erfahrungen sammeln können und konnten mittlerweile damit ganz gut umgehen. Ziemlich schnell begriffen sie, dass es keinen Zweck hatte, irgendeine Show abzuziehen und kurz nach Trixis Einschulung hörten diese Besuche ganz auf.

Das Verhältnis zu Trixis Großeltern hat sich von unserer Seite aus auch wieder normalisiert und die unterschwelligen Spannungen in der Prozessphase haben beide Seiten überstanden. Sie kommen wieder regelmäßig zu Besuch. Einen Gegenbesuch Trixis bei ihnen halten wir jedoch aus verschiedenen Gründen nicht für angebracht.

Da Trixi bleiben konnte, kam sie auch endlich wieder in den Kindergarten. Sogar in ihre alte Gruppe konnte sie wieder gehen. Ihre Freundinnen aus der ersten Zeit bei uns erkannten sie auch alle wieder.

Trixis Einschulung war unsere fünfte Schulanfang hintereinander. Seit 1995 war jedes Jahr eines unserer Kinder in die Schule gekommen und somit hatten wir mit der Vorbereitung solcher Tage kaum noch Probleme. Andere Familien sind schon lange vorher in heller Aufregung, wir aber nicht mehr. Wir kannten mittlerweile nicht nur den Programmablauf bei der Einschulung selbst, sondern auch worauf es für die Kleinen an ihrem großen Tag ankam.

Trixi genoss ihren Tag dann auch in vollen Zügen.

Die Schule wurde für sie schnell zum Alltag. Sie ist eigentlich ganz schön pfiffig und könnte alles recht locker bewältigen, wenn da nicht der verflixte Lustfaktor wäre. Wenn Trixi für sich entscheidet, dass sie für die anstehende Mathearbeit in der Schule keine Lust hat, dann hat Trixi keine Lust und kassiert lieber die Note 5, als vielleicht mit einem minimalen Aufwand etwas besser dazustehen. Viel mehr Spaß macht es ihr beim gemeinsamen Üben zu Hause mit Kerstin und Katrin deren Aufgaben ganz nebenbei zu lösen und ihnen dabei deutlich zu machen, dass sie eigentlich viel besser ist als die beiden.

So ist Trixi eben.

Trotzdem merken wir an vielen Stellen, dass die 18 Monate Abwesenheit von uns bei ihr eine ganze Menge Spuren hinterlassen haben. Dies bei Trixi wieder auf den halbwegs richtigen Weg zu bringen wird uns noch so manche schlaflose Nacht bereiten und ob es uns dann am Ende überhaupt gelingt, ist allemal mehr als fraglich.

Trixi ist jetzt für uns ein weiterer Beweis, was durch falsches Verhalten offizieller Stellen alles in Kindern zerstört werden kann.

Wir sind Komplett!?

Mit dem Wechsel von Peter zu Trixi hatten wir unsere Familie vorläufig komplettiert. Hoffentlich haben wir das Glück, das wir so zusammenbleiben dürfen. Damit wird sich unser anfängliches Grundkonzept doch durchsetzen, nämlich Kinder aufzunehmen, die wirklich länger oder gar nicht mehr bei ihren Eltern leben können.

Fast drei Jahre brauchten wir, um uns ins Bewusstsein der Jugendämter einzuprägen und mit unserem Konzept von ihnen auch wirklich angenommen zu werden. Nun setzte auch das ein, was wir schon vorher vermutet hatten. Wir hatten keinen Platz für weitere Kinder und schon kamen Anfragen von allen möglichen Jugendämtern. Alles, was wir jetzt für diese noch tun konnten, war sie weiter zu vermitteln. Das ging nicht immer gut, da die Anfragen ziemlich exakt auf unsere Verhältnisse zugeschnitten waren, denn unsere Art und Weise der Familienbetreuung gibt es wohl nicht allzu oft.

Nicht einmal bei den relativ regelmäßig durchgeführten Treffen der sogenannten „Innewohnenden Erzieher" trifft man kaum auf analoge Projekte.

Leider existieren aber bei einigen Stellen mit „Innewohnenden" auch eine ganze Reihe von Etikettenschwindler. Von denen möchten wir uns deutlich abgrenzen. Sie bezeichnen sich zwar als „Innewohnend" und verkaufen sich auch so, ohne dies aber wirklich zu sein. Denn wenn ich zum Beispiel im selben Haus, in dem ich die Kinder betreue, eine vollkommen abgeschlossene Wohnung habe, in die ich mich auch zurückziehe, wenn meine Erzieherin da ist, mache ich nur zum Schein ein gemeinsames Leben mit den Kindern. Ich führe doch dann zu diesem Zeitpunkt für die Kinder nicht direkt ansprechbar und wäre unserer Meinung nach auch auf keinen Fall ein sogenannter „Innewohnender".

Unsere Räume sind im Haus für alle zugänglich.

Auch wenn Mandy da ist, sind Andrea und ich für alle Kinder selbstverständlich ansprechbar.

Selbst unsere Anrede mit „Mama" und „Papa" von mittlerweile allen bei uns lebenden Kindern dürfte nicht überall üblich und gewünscht sein. Das ist etwas, was wir von den Kindern nie verlangt oder gar erzwungen haben. Wir denken da eher, dass sich dies nur durch eine tiefe emotionale Beziehung und Bindung ergeben kann. Genau genommen ist das schon fast eine große Anerkennung durch unsere Kinder.

Es soll bei uns auch in Zukunft so sein, dass unsere Kinder stets das Recht behalten, auf uns als Partner zurückzugreifen, wenn sie das wirklich wollen und auch wenn sie selbst erwachsen sind und eigene Kinder haben.

Unser einziges Problem könnte dann lediglich sein mit ein paar mehr Enkeln zurecht zu kommen, als im Allgemeinen üblich ist. Allerdings dürfte bis dahin noch etwas Zeit vergehen.

Bis heute kommen nach wie vor Anfragen von den Jugendämtern, immer in deren Hoffnung, dass vielleicht doch zwischenzeitlich ein Platz frei geworden ist.

Darunter waren mitunter auch problematische Dinge, von denen wir sogleich Abstand nehmen müssen. Zum Beispiel war da der Fall eines 15jährigen Mädchens, welches in ihrem zuhause gerade sexuell missbraucht wurden ist und welchem wir möglichst schnell helfen sollten.

Oder ein neu geborener türkischer Junge, der für eine kurze Zeit aus dem Schussfeld zweier rivalisierender Familien genommen werden sollte, bis endgültig geklärt werden konnte, wo er wirklich bleiben kann. Wahrscheinlich sollten wir hier als sogenannter neutraler Richter das Familienkampffeld betreten und dann mit entscheiden, wohin der Junge gehören könnte. Wir hatten uns schon mit Grauem vorgestellt, wie das gewesen wäre, wenn die beiden Familien in ihrer Wut bei uns aufgekreuzt wären. Platz für ein mögliches Schlachtfeld hätten wir ja vorm Haus genug, aber dafür sind wir natürlich nicht da.

Es gab einmal die Idee, eine Erweiterung unserer Einrichtung von uns um drei Plätze und einer weiteren Kollegin zu schaffen, um wenigstens weitere Angebote machen zu können. Leider gab es im für uns zuständigen Jugendamt dafür keinen wirklichen Bedarf und die Anfrage wurde abgelehnt. Gerade dieses Amt fragte kurze Zeit später nach, ob nicht die Möglichkeit existiere, drei Geschwisterkinder in familienähnlicher Betreuung unterzubringen. - So läuft das manchmal.

Natürlich bewegte und bewegt uns ständig, wie es denn mit uns weitergehen soll. Zurzeit sind wir komplett, aber es wird unweigerlich der Tag kommen, an dem uns der oder die Erste verlassen wird und was dann? Möglichkeiten und Ideen gibt es viele und das Einfachste scheint zu sein neue Kinder aufzunehmen und ihnen ebenfalls die Chance zu geben, mit uns zu leben. Sind wir aber nachdem bis jetzt alles Erlebten wirklich bereit dazu? Vor allem, was denken unsere Kinder darüber? Sicher werden wir mit den drei jüngeren Mädchen noch eine ganze Zeit verbringen, aber irgendwann steht diese Frage auch mit ihnen.

Auch wird zum Entscheidungszeitpunkt die Frage der Ökonomie wieder im Vordergrund stehen und gerade diese nimmt zur Zeit immer schlimmere Formen an, dass wir eher dazu neigen, unsere sogenannte erste Generation ins Leben zu führen und dann anderen diese Aufgabe zu überlassen. Zwar ist es bis zur endgültigen Entscheidung noch ein gutes Stück Weg, aber wirklich treffen müssen wir sie eines Tages doch.

Schule

Mit Trixis Einschulung im Jahr 1999 waren wir endgültig dem Kindergartenalter entwachsen. Unsere Kinder besuchten die 1.- 6.Klasse und Mathias waren zwei Klassenstufen weiter. Alle in der selben Schule. Da gewinnt man schon einen gewissen Einblick in die Qualität und den Inhalt der allgemeinen Schule in der heutigen Zeit. Uns hatte das Ergebnis der immer noch überall diskutierten PISA Studie in keiner Weise überrascht, denn mit dem allgemeinen Kahlschlag im Osten war diesem auch die Schule zum Opfer gefallen. Da wurden in Brandenburg nach der Wende Rahmenbedingungen geschaffen, die schlicht und ergreifend über weite Strecken nur als katastrophal zu bezeichnen sind. Die Schule, die unsere Kinder zum damaligen Zeitpunkt hauptsächlich besuchten und an der Andrea bis 1996 selbst unterrichtete, hatte zu DDR Zeiten wirklich einen guten Ruf, nicht weil sie etwa besonders systemtreu oder solch ein ähnlicher Quatsch war, sondern weil dort wirklich guter Unterricht erteilt wurde. Diesen Ruf konnte sie auch in den ersten Jahre nach der Wende halten, aber je mehr Zeit verging, verlor sie nicht nur diesen Ruf, sondern wurden auch die Inhalte der einzelnen Fächer immer flacher und oberflächlicher. Dies bekamen unsere Kinder besonders deutlich zu spüren, wenn sie nach der 6.Klasse an andere, weiterführende Schulen wechselten. Dies ging sogar so weit, das sie nach einem Wechsel auf umfangreiche Nachhilfen angewiesen waren, um den Anschluss an den neuen

Schulen zu bekommen und da waren sie bei weitem keine Einzelfälle. Sicher mag meine Sicht auf das Thema Schule im Allgemeinen etwas eingeschränkt sein, aber wenn man wie wir in so vielen Klassenstufen und über so viele Jahre eine Schule direkt begleitet, eröffnen sich einem doch Einsichten, die man bei einen oder zwei Kindern in einer Schule nur schwer gewinnen kann. Später kamen auch noch andere Schulen und Schulformen in unserem Kreis dazu, die unsere Kinder besuchten, sodass die Möglichkeiten der Einsichten noch etwas größer und konkreter wurde. Das wesentlichste was wir dabei erfuhren war, das diese negative Entwicklung nicht nur die eine Schule betraf, in die unsere Kinder zu beginn ihrer Schullaufbahn gingen.

In den Anfangsjahren unseres Hauses war ich auch selbst noch in der Schule aktiv. Funktionen als Elternsprecher verschiedener Klassen, Schulkonferenz und Turnhallenkommission und was es da so alles gibt, wurde von mir wahrgenommen, bis zu dem Zeitpunkt, wo ich immer mehr das Gefühl gewann, in diesen Gremien nichts Wirkliches mehr bewegen zu können. All diese sogenannten Mitwirkungsmöglichkeiten der Eltern sind zwar gesetzlich korrekt geregelt, wie das in Deutschland nun mal in fast allen Lebensbereichen so ist, aber bei genauerer Betrachtungsweise bleiben wohl kaum wirklich wichtige Dinge, die diese Gremien zu entscheiden haben. Es sei denn es ist für den Einzelnen wichtig zu entscheiden, wann die sogenannten flexiblen Ferientage zu nehmen sind. Fast alle weiteren Beschlüsse und Entschließungen haben lediglich Empfehlungscharakter ohne wirkliche Weisungsbefugnis und wenn doch, gibt es fast immer Möglichkeiten diese auf irgendeinen Weg durch entsprechende Instanzen zu kippen. Aber von staatlicher Seite aus wurde damit eine Form von Scheindemokratie geschaffen, um seinen Bürgern vorzugaukeln, etwas mitentscheiden zu können.

Ein Hauptproblem solcher Instanzen besteht darin, dass fast alle Beteiligten wissen und spüren, wie das Ganze läuft, aber das es wie das heute ist keiner wirklich ansprechen will.

Dazu hatte ich aber keine Lust mehr und ich war mir eigentlich auch dafür zu Schade.

In und nach der Wende war allgemein üblich, dass alles, was auch nur im entferntesten nach DDR roch nicht nur verteufelt, sondern viel zu oft und viel zu schnell über Bord geworfen wurde. Dazu gehört in erster Linie wohl auch das sozialistische Bildungssystem. Wir brauchen nicht über Inhalte von Staatsbürgerkunde und Geschichte zu reden oder das in der DDR im Matheunterricht die „hervorragenden" Ergebnisse des nächsten Fünfjahrplanes errechnet wurden, aber die Grundstruktur der Organisation und der allgemeine Aufbau der 1.- 12.Klasse war, wesentlich besser organisiert als das allgemeine Schulchaos heute. Aber 1990 war das eben alles nichts mehr Wert. Es wäre mit Sicherheit ein Leichtes gewesen, die Lehrpläne und Inhalte der Schule der DDR zu entrümpeln und dann im Schulalltag vernünftig weiter zu arbeiten, zumal das Bildungssystem der DDR eine „deutsche" Erfindung war. Nur dann wäre der allgemeine Bildungsgrad in allgemeine Bildungsgrad in den neuen Bundesländern wohl wirklich zu hoch geworden und genau das ist gerade das, was die Gesellschaft in unserem Land in der heutigen Zeit kaum verkraften könnte. Mündige, wirklich selbständige denkende Bürger könnten wohl dem heutigen Staat genauso gefährlich werden, wie die selbständig Denkenden, welche die DDR hinweggefegt haben. Wer will das heute schon?

In Brandenburg war es bis vor einigen Jahren sogar möglich ein Abitur, ohne Abschluss in Mathematik oder Deutsch abzulegen. Das ist nicht nur lächerlich, sondern auch für die Abiturienten beim Start ins Studium und darüber hinaus ins Berufsleben mehr als hinderlich. Wenigstens wird jetzt so langsam wieder der Versuch unternommen Prüfungen in den 10.Klassen durchzuführen, damit hier wieder ein geringes Maß an Substanz in die Abschlüsse kommt.

Bei unseren Kindern drückte sich das so aus, dass Lukas mit seinem Grundschulbesuch in den Jahren 1992 – 1998 doch noch relativ gut abgeschnitten und sehr viel mitbekommen hat. Aber über den Umfang und Inhalt des Wissens bei Katrin, Kerstin und Trixi heute kann man nur noch den Kopf schütteln.

Ein besonderer Aufreger ist es für mich immer, wenn es an die sogenannten Projekttage an der Grundschule geht. Da werden dort allen Ernstes über mehrere Tage verteilt Oster- oder Weihnachtsgeschenke gebastelt, Fasching am Vormittag gefeiert oder die Weihnachtsfeier morgens um 9:00 Uhr durchgeführt. Mal ehrlich, wem kann schon eine am Vormittag durchgeführte Weihnachtsfeier gefallen, wo es draußen hell ist und alle gerade vom Frühstück aufgestanden sind. Solche Art von Veranstaltungen wurden früher in der Freizeit realisiert, aber das stand damals in der DDR, ja alles nur „unter Druck" und, und, und ...

Ich möchte das als meine Meinung aber an der Stelle auch nur einfach so stehen lassen und kann durchaus verstehen, dass der eine oder andere vollkommen entgegengesetzter Auffassung ist, aber eins wird wohl einhellig ziemlich deutlich, der Grad der Bedenklichkeit in der Entwicklung in dieser Richtung nimmt in immer größerem Tempo zu.

Alles, was uns zu tun bleibt, ist unseren Kindern nach der Schule zu versuchen, unsere Sicht der Dinge zu erklären.

Arko

Da wir auf dem Land leben, war es irgendwann folgrichtig, dass das Thema Hund auf die Tagesordnung kam. Alle waren sofort begeistert. Nur ich nicht. Ich hatte wieder einmal meine kleinen Bedenken. Wir hatten selbst noch nie einen Hund und deshalb auch keine Ahnung davon. Er kostet ja auch nicht nur Geld, sondern vor allem viel Zeit, wenn man ihn richtig halten will und schließlich musste er auch in unsere große Familie integriert werden.

Also ich war massiv dagegen, als Einziger übrigens. Ich versuchte, das Problem „demokratisch" zu lösen. Wir wollten über den Hund abstimmen und dazu ordnete ich mir selbst zehn Stimmen zu und alle anderen hatten nur eine. Damit ging dann die Abstimmung 10 : 9 gegen einen Hund aus und ich dachte, dass ich damit gewonnen hätte. Aber falsch gedacht. Die ganze Bande war sich einig und drohte mit einer Palastrevolte, woraufhin ich zwei Stimmen abgeben musste und dadurch fiel die Entscheidung für den Hund. Da hatte ich wirklich Pech gehabt.

Andreas Schwester hatte eine Mischlingshündin, bei welcher im Aussehen Schäferhund gewonnen hatte. Sie war nicht allzu groß und sollte ohnehin einmal werfen. Also kam am 19.Oktober 1999 unser Arko zur Welt. Anfänglich nicht größer als ein Hamster, wuchs er recht schnell heran und kurz vor Weihnachten konnten wir ihn abholen. Der war süß, noch etwas tapsig und ganz kuschelweich.

Sein neues zuhause, der Zwinger, war schon eine ganze Weile fertig und extra so gebaut, dass er auch den kalten Winter in seiner speziell isolierten Hütte überstehen konnte. Die hatten wir alle gemeinsam gebaut, da das etwas vollkommen Neues war.

Den ersten Schreck bekamen wir aber, als wir mit Arko zum ersten Mal zum Tierarzt mussten. Die Ärztin fragte uns nämlich gleich, ob wir denn wirklich so einen großen Hund haben wollten. Aber wieso denn, er war doch noch so klein und süß?

Sie sollte jedoch Recht behalten. An seinen für seine damalige Körpergröße recht großen Pfoten hatte sie bereits erkannt, dass Arko ziemlich groß werden würde und das wurde er dann auch.

Arko war vom ersten Tag an bei uns ein richtiger Wildfang und nur schwer zu bändigen. Sicher machten wir auch viel falsch, denn wir hatten wirklich keine Ahnung wie wir ihn erziehen sollten. In unserem großem „Rudel" musste er integriert werden und seinen Platz möglichst am Ende der Reihe finden.

Nun passierte auch noch, was ich eigentlich schon vorher geahnt hatte, da Arko nun einmal Arbeit machte und die verteilt werden sollte, drückte sich jeder davor. Er war eben nicht ein einfaches Spielzeug, was man in die Ecke werfen konnte. Er brauchte Betreuung und das ständig, er musste gefüttert, sauber gemacht und ausgeführt werden. Und die Erziehung war auch nicht ohne weiteres zu machen.

Wir hatten aber absolut keine Ahnung und Bücher zum Thema Hand zwar gut und schön sind, aber was da drin steht, musste zunächst auch erst einmal umgesetzt werden. Wir hatten also erhebliche Probleme. Also musste Arko zunächst in die Hundeschule. Er war mit knapp einem Jahr schon ziemlich groß und eben immer noch nicht so einfach zu bremsen. Jetzt konnte er sich aber erst einmal mit Gleichaltrigen richtig austoben und spielen. Dabei zeigte sich schnell, dass er nicht nur wild war, sondern auch unheimlich schnell. Dazu hatte er eine gute Auffassungsgabe und war sehr lernfähig.

Trotzdem kam, was kommen musste. Vor unserem Haus knuffte er eine Spaziergängerin in den Oberschenkel und sie machte ein Riesenfass auf. Sie tat so, als ob er ihr das halbe Bein abgebissen hatte, dabei waren auf ihrem Oberschenkel lediglich zwei kleine blaue Flecke. Das hätten wir alles friedlich über unsere Versicherung lösen können, denn dafür ist sie doch da. Aber darauf wollte sich die gute Frau nicht einlassen. Es folgte eine Anzeige gegen mich und das ausgerechnet in der Zeit, als die Medien und jeder, der nichts von Hunden verstand, über jede Art von Hund herzog. Da wurde aus dem eigentlich friedlichen Arko ganz schnell eine Bestie. Die Anzeige landete schließlich sogar in der Staatsanwaltschaft in Potsdam und mir wurde von unserem Ordnungsamt erst einmal eine saftige Geldstrafe aufgebrummt. Zum Glück für mich, denn da ich diese akzeptierte, kam es nicht zum Prozess, sondern zu einem sogenannten Schlichtertermin. Dort erschien die „schwer geschädigte" Dame aber gar nicht erst und somit wurde das Verfahren eingestellt.

Sie wohnte nicht allzu weit von uns weg und war eine richtige Tratschtante. Überall erzählte sie im Ort herum, was für ein gefährliches Raubtier wir hielten und das auch noch mit so vielen Kindern zusammen. Daraufhin war ich aber am Zuge und konnte ihr als Alternative eine Verleumdungsklage anbieten, worauf schlagartig Ruhe einzog.

Unsere Versicherung war auch mit uns zufrieden, denn da der Schlichtertermin nicht zustande kam, entstanden auch keine weiteren Ansprüche für die Dame.

Ich aber hatte zu diesem Zeitpunkt vom Thema Arko so ziemlich die Nase voll und lud ihn ein, um ihn ins Tierheim zu bringen und dort abzugeben. Da war das Geschrei riesengroß. Aber wir fanden zum Glück neben der Hundeschule auch im Tierheim viel Verständnis und vor allem Hilfe. Unsere Kinder mussten jetzt ganz massiv mit ran, nicht nur beim Füttern und sauber machen, sondern auch bei der täglich notwendigen Beschäftigung mit Arko.

Schritt für Schritt kamen so langsam alle mit ihm zurecht, auch die Jüngeren.

Er versucht zwar immer mal wieder zu zeigen, dass er doch auch etwas zu bestimmen hätte, aber das Wilde und Ungestüme hat er etwas abgelegt. Bei den Älteren hört er jetzt auch aufs Wort und macht kaum Schwierigkeiten.

Alle sind wir froh, dass es doch mit ihm geklappt hat und wenn wir ihn heute nicht hätten, würde uns eine ganze Menge fehlen.

Fünf Jahre

Das neue Jahrtausend sollte beginnen und für uns hieß das unter anderem, dass wir als Großfamilie fünf Jahren existierten.

Wir hatten in diesen Jahren doch ziemlich viel erlebt und haben uns zu einer immer stabiler werdenden, wenn auch künstlich geschaffenen Familie entwickelt. Das wir uns als Familie sahen und sehen, war und ist bei weitem noch nicht allen klar und so haben einige Zeitgenossen immer wieder Probleme im Umgang mit uns und wir dem zufolge in unserer Darstellung ihnen gegenüber. Sie bezeichnen uns dann zumeist als Familiengruppe, Wohngruppe oder nur einfache Gruppe, ohne unsere Struktur und Ziele zu verstehen. Mit der Zeit stellt das aber für uns ein immer geringeres Problem dar und wir amüsieren uns manchmal sogar darüber. Weniger schön ist, das es eigentlich immer nur mit den Leuten Probleme gibt, mit denen wir schon längere Zeit umgehen und die es immer noch nicht richtig verstanden haben oder verstehen wollen.

Fünf Jahre Kinderhaus war Anlass für uns doch einfach einmal inne zu halten und den Geburtstag richtig zu feiern. Das ging natürlich nicht am richtigen Geburtstag, dem 1.August, da der mitten in den Ferien lag und die meisten kaum Zeit gehabt hätten. Also verschoben wir ihn um einen Monat. Wir wollten so viele als möglich von denen, die uns die letzten Jahre begleitet hatten, an diesem Tag zu uns einladen, mit ihnen über die Zeit reden und einfach mal alles

Revue passieren lassen. Die Liste unserer möglichen Gäste wurde immer länger. Beginnend von unserer eigenen Geschäftsleitung über die Bürgermeister der umliegenden Orte, die Schulen, unsere Hausärztin, Freunde und Bekannte und vor allem diejenigen, die liebevoll ständig an unserer Seite standen, bis hin zum Landrat und dem Bildungsminister. Alle luden wir ein. Die zwei Letzteren sagten zu unserem Erstaunen sogar zu, waren aber dann am 1.September doch durch andere Aufgaben verhindert. Aber auch von den Anderen kamen kaum Absagen. Alle waren gespannt und interessiert, was sich da bei uns so entwickelt hatte.

Von unserm Stammhaus bekamen wir für diesen Tag eine Hüpfburg zur Verfügung gestellt und darüber hinaus konnten unsere jüngeren Besucher alle Möglichkeiten unseres Hauses nutzen.

Das Wetter spielte mit und damit stand einem schönen Tag nichts mehr im Wege.

Insgesamt waren über 60 Gäste da und wir hatten voll zu tun, alles über die Bühne zu bekommen. Mit so einer tollen Resonanz hatten wir absolut nicht gerechnet. Das zeigte uns aber auch, welchen Stellenwert und Anerkennung unsere Arbeit mittlerweile gefunden hatte. Ein großartiges Gefühl.

Unsere Kinder freuten sich natürlich über den Riesenberg Geschenke, denn keiner war mit leeren Händen gekommen. So konnte sich unser Spielmagazin an diesem Tag deutlich auffüllen und am meisten freuten wir uns über die neue Tischtennisplatte, die unsere Geschäftsleitung spendiert hatte.

Gefeiert wurde unter unserem Carport und dort hatten wir auch einen Fernseher montiert, wo wir in loser Folge Videos, beginnend vom Umbau des Hauses, unseren Urlaubsfahrten oder einfach nur von unserem Alltag ablaufen ließen.

Unsere Kinder betätigten sich mit wachsender Begeisterung als Hausführer und mit dem Grillen hörten wir erst spät abends auf.

Es war ein rund um gelungener Tag und hat allen Beteiligten auch richtig Spaß gemacht.

Zeitung und Fernsehen

Natürlich durften an so einem Tag auch die Medien nicht fehlen. Bereits im Vorfeld der Feier hatten wir Besuch von der Zeitung, was für uns zwar nicht ganz neu war, denn der eine oder andere Reporter hatte schon in der Vergangenheit bei uns reingeschaut.

Sensationell für uns war aber, dass auch das ORB-Fernsehen Interesse an uns hatte. Sie wollten zwar von unserer Feier selbst nichts wissen, aber der Alltag war für sie schon Wert, einmal aufgenommen zu werden.

So standen sie Anfang September, morgens kurz vor um sechs vor unserer Tür und gleich mit dem Wecken ging das volle Programm los.

Mischa war das erste Opfer. Seine Tür wurde geöffnet und die Kamera wurde gleich beim Erwachen voll auf ihn gerichtet. Im fertigen Beitrag waren das die ersten Bilder und alle, die ihn sahen unterstellten Mischa eine tolle schauspielerische Leistung, aber diese Bilder waren absolut echt!

Das Filmteam bestand aus vier Leuten, der Redakteurin, dem Produktionsleiter, dem Kameramann und einem Techniker. Sie begleiteten uns den ganzen Tag lang. Jedes Mal, wenn wir uns bewegten und das Team meinte, dass das interessant sein könnte, ging die Lampe an und es wurde gefilmt. Das war ganz schön anstrengend. Beim Weg in die Schule, beim Einkaufen, beim Essenkochen, bei den Hausaufgaben und natürlich auch beim Spielen waren wir an diesem Tag nie allein.

Jetzt konnten wir einmal den sogenannten Promis nachfühlen, die so etwas Tag für Tag erleben dürfen.

Am meisten Spaß gemacht haben die Interviews. Ohne irgendwelche schriftlichen Vorbereitungen mussten wir praktisch aus dem Hut die Fragen der Redakteurin beantworten. Wir bekamen das aber ganz gut hin. Unsere Redakteurin notierte sich im Verlaufe des Tages kaum etwas, denn sie bezog ihre Informationen aus den Gesprächen vor der laufenden Kamera.

Trixi war als Erste aus der Schule gekommen und durfte sich in ihrem Zimmer so einem Interview stellen. Sie spielte die ganze Zeit aufgeregt mit einer kleinen Feuerwehr herum, machte ihre Sache aber richtig gut.

Mischa war schon etwas abgeklärter und viel weniger aufgeregt. Aber so richtig wohl fühlte er sich bei dem Gedanken ins Fernsehen zu kommen auch nicht.

Vor so einem Gespräch bei laufender Kamera bekommt man nur eine kurze Einweisung, was man nach Möglichkeit nicht tun oder sagen sollte und dann geht es gleich los. Macht man doch etwas falsch, ist das auch nicht so tragisch, da hinterher sowieso alles zusammengeschnitten wird.

Mich nahmen sie in der Mittagspause fast eine halbe Stunde lang in die Mangel. Natürlich lief der Schweiß in Strömen, aber das Problem wurde mit einem Tuch gelöst, welches ich immer außerhalb des Bildes halten musste.

So entstand an diesem Tag über zwei Stunden Filmmaterial, welches wir glücklicherweise später ungeschnitten zur Verfügung gestellt bekamen. Das ist eigentlich nicht so üblich, aber da unser Sendetermin mehrmals verschoben wurde, bekamen wir das als kleines Trostpflaster.

Das Verlegen des Sendetermins kam zustande, weil der Beitrag einfach zu lang geworden war und nirgendwo reinpassen wollte. Am Schluss ging er über fünf Minuten und das ist für das Abendjournal des ORB eine ziemlich lange Zeit. Gern hätte das Drehteam noch mehr Zeit zum Senden gehabt, aber dem wurde vom Sender nicht stattgegeben.

Wir erfuhren eine gute Resonanz, vor allem von Leuten, die uns eher durch Zufall gesehen hatten.

Am Drehtag aber waren wir dann froh, als die Truppe nach 17:00 Uhr wieder von unserem Hof abzog, denn das war doch alles aufregend und anstrengend.

Der Weihnachtsmann

Manchmal gibt es aber auch Zufälle und Ereignisse, die einen richtig überrollen und das im positiven Sinne. Einige Wochen vor Weihnachten 2001 kam ein Anruf aus unserer Geschäftsstelle, dass sich bei ihnen eine Truppe aus Bayern, die in Berlin aktiv war, gemeldet habe und die gern Kindern die nicht zu Hause leben eine Freude machen wollten. Das sollten sie bei uns können. Also nahm ich Kontakt auf und fragte nach, was sie sich so vorgestellt hatten.

Logischerweise ist die Liste der offenen Wünsche bei uns stets lang und die wenigsten können wirklich schnell erfüllt werden.

Seit einiger Zeit wollten wir in einem unserer Keller eine Art Fitnessraum einrichten, damit sich unsere Kinder auch bei nicht so gutem Wetter richtig austoben können, aber wie das so ist, war die Idee zwar da, aber mit der Umsetzung gab es Schwierigkeiten. Mit diesem Vorschlag trafen wir voll und ganz den Nerv der jungen Leute und wir konnten sie sofort dafür begeistern. Unser Problem war nur das mittlerweile alle Kellerräume belegt waren und dazu etwas mehr Platz benötigt wurde. Also musste ich „Opfer" spielen und meine geliebte, immer unordentliche Werkstatt hergeben. Die durfte ich erst wieder in einem viel kleineren Kellerraum aufbauen, als der Fitnessraum fertig war. Jeder kann sich sicher vorstellen, was es heißt, ein unorganisiertes Chaos in einer Werkstatt innerhalb kürzester Zeit zu beseitigen und alles zu verkleinern. Dann strich ich gleich die Wände neu, damit auch alles von unserem „Fitnesscenter" reingestellt werden konnte. Zum Glück verschob sich der Termin des Weihnachtsmannbesuches noch einmal, sodass von uns alle notwendigen Vorbereitungen vollendet werden konnten.

Was dann aus dem riesengroßen Weihnachtsmannsack herausgekommen ist, übertraf alle unsere Erwartungen. Nicht nur Fitnessgeräte, sondern auch Trainingsanzüge und Turnschuhe für alle Kinder, stapelweise Kinderbücher und eine riesengroße Menge Spiele. Es war ein warmer Regen an Geschenken.

Sogar Matten aus einem Fitnessstudio hatten die Bayern aufgetrieben und damit erfüllte sich unser heimlicher Wunsch schneller, als wir das erwartet hatten.

Da wurde natürlich richtig gejubelt.

Genauso schnell, wie der Weihnachtsmann bei uns aufgetaucht war, verschwand er aber auch wieder und wir konnten seinen Besuch bei uns später im Internet bewundern.

Was sonst noch so passierte

Je länger ich sitze und schreibe, um so mehr fällt mir immer wieder ein. Mittlerweile sind fast neun Jahre vergangen, eine ziemlich lange Zeit. Da sind natürlich auch eine Menge Stories vorgekommen, von denen ich zwei noch aufschreiben möchte.

Es war zu der Zeit, als Trixi zum ersten Mal bei uns war. Sie war noch klein. Sie musste, für sie vollkommen unverständlich als Erste ins Bett und hatte damals ihre kleinen Problemchen damit. Aber ihre Ehrenrunde zum Gute-Nacht-sagen drehte sie schon jeden Tag. Da wurde so lange gesucht, bis sie wirklich jeden gefunden hatte. So kam es, dass ich zu einem solchen Zeitpunkt unter der Dusche stand. Trixi kam ins Bad, riss die Duschkabine auf und erstarrte bei dem Blick auf meine Hüften. Ungläubig schaute sie mir ins Gesicht und immer wieder dort unten hin. Nachdem sie sich wieder gefangen hatte, sagte sie voller Staunen: „Papa, du hast ja nen Schwanz!?" Über die Szene müssen wir heute noch oft lachen.

In unmittelbarer Nachbarschaft befindet sich eine Landesklinik, wo unlängst ein Sicherheitstrakt zur Aufbewahrung von Straftätern gebaut wurde. Natürlich war das auch bei uns irgendwann ein Thema, genau so wie wir auch über so schlimme Sachen wie die Verbrechen des Sexualtäters Schmökel sprechen.

Auf die Frage, wer denn in diesen Sicherheitstrakt käme, antworteten wir solche wie Schmökel & Co. Kerstin hatte das aufgeschnappt und das schien für sie gar nicht so einfach verständlich. Es arbeitete in ihr und einige Tage später musste sie doch noch Fragen. „Was Schmökel gemacht hat weiß ich ja, aber was hat denn Co getan, dass er dort hin muss?"

So ist halt der Kindermund.

Das liebe Geld

Natürlich ist und bleibt das Hautproblem bei einem Projekt, wie das unsrige immer wieder – das liebe Geld. Nun wird eine generelle Grundversorgung schon sicher gestellt, wenn auch nur auf ziemlich niedrigen Niveau, aber die Leistungsträger und das sind nun mal die Jugendämter schrauben daran immer wieder herum und zwar nach unten. So sind wir zum Beispiel bei einem monatlichen Bekleidungsgeld für die Kinder von 33 € angekommen und es ist egal ob sie drei oder siebzehn Jahre alt sind. Der Rest soll dann wahrscheinlich aus Kleidersammlungen und Spenden aufgetrieben werden.

Nun stellen wir schon gar nicht so hohe Ansprüche, was unsere Kinder betrifft, aber wenn sich in immer größerem Maße an solchen Dingen wie die Finanzierung von Wandertagen und Schulveranstaltungen vergriffen wird, dann nehmen diese Ämter in Kauf, dass unsere Kinder in der Schule ausgegrenzt werden.

Sicher sind die Gehälter der Kollegen und die Erhaltung vor Häuser und Einrichtungen sehr kostenintensiv und machen auch den Bärenanteil der Pflegesätze aus, aber schließlich hat sich Deutschland mit dem Kinder- und Jugendhilfsgesetz selbst Maßstäbe gesetzt.

Wir haben eigentlich immer wieder nur die Chance mit immer weniger Geld zu versuchen, wenigstens ein Mindestmaß an Normalität für unsere Kinder zu erhalten, um sie nicht das Gefühl der Minderwertigkeit erleben zu lassen.

Vor allem versuchen wir beständig unseren Kindern klar zu machen, dass ihre finanzielle Situation konkrete Ursachen hat, die nicht in unserem Einflussbereich liegen. Nur ist das bei einer sechs bis zehn Jährigen nicht einfach so klar.

Bedenklich und bedauerlich bleibt, dass ein angeblich so hoch entwickelter Staat für sein wichtigstes Gut und seine eigene Zukunft so wenig übrig hat und dafür sein Geld lieber in irgendwelche dubiose Projekte investiert, wie das gerade in Brandenburg im wachsenden Maße üblich ist. Aber das wäre eigentlich ein Thema für ein neues, vollkommen anderes Buch.

Versuch eines Fazits

Als wir uns 1995 als kleine Familie auf den Weg machten, um anderen Kindern ein Heranwachsen in Wärme und Geborgenheit zu ermöglichen, kannten wir zwar bestimmte konzeptionelle Rahmenbedingungen, wir kannten aber nicht und konnten dies auch nicht abschätzen, was uns wirklich alles erwartete. Vielleicht war das sogar gut so, denn wenn wir die Summe der Ereignisse, Probleme und Kämpfe noch einmal rückwirkend betrachten, bin ich mir nicht sicher, ob wir diesen Weg mit diesem Wissen gegangen wären. Wir haben ihn dennoch bis heute noch keinen Tag bereut und denken, dass wir an und mit dieser Aufgabe selbst erheblich gewachsen sind, jeder Einzelne für sich, aber auch wir als Familie insgesamt. Wir hoffen einfach, dass es uns bis jetzt gelungen ist und auch weiter gelingen wird, an unsere Kinder etwas von unserer Lebensauffassung vermittelt und ihnen in ihrer eigenen Entwicklung Stück geholfen zu haben. Das wir dabei auch Fehler begingen oder Außenstehende das eine oder andere sicher anders sehen oder bewerten ist wohl ziemlich normal und möge uns verziehen werden. Es ist nun einmal ein erheblicher Unterschied, ob ich bis zum Hals in der Sache selbst stecke, oder ich sie als Außenstehender betrachte.

Schnell, manchmal vom Gefühl her viel zu schnell wachsen unsere Kinder heran und der Tag, wo sie unsere Familie verlassen werden rückt unaufhörlich näher. Damit verbunden ist dann ein neuer Start für uns, in welcher Form auch immer, aber unseren Kindern werden wir wohl stets verbunden sein, um ihnen auch später zu helfen, wenn sie das wollen.

Epilog

Es gibt über fast alles hier geschriebene viele Stunden Videofilme und hunderte Bilder. Sie zeigen Momente des Glücks und der Freundlichkeit, oder aber auch der Traurigkeit. Eins zeigen sie aber mit Sicherheit nicht, das Herzblut das hinfloss und weiter fließt. Dies ist etwas, was wirklich nur derjenige nachvollziehen kann, der das selbst durchlebt und erlebt hat.

Zum Autor

Ich wurde im Juni 1961 als viertes von fünf Kindern in Leipzig geboren, wo ich auch aufwuchs und die Schule besuchte.

Mitte der 80er Jahre verschlug es mich mit meiner Familie in den damaligen Bezirk Potsdam, wo ich bis heute lebe und arbeite.

In der Wendezeit spülte es mich in die Kinder- und Jugendhilfe.

Über die Stationen eines Erziehers in einer sogenannten Regelgruppe, eines Stützerziehers in einer Kinderdorffamilie, eines Erziehers in einer Jugendwohngruppe in einem Kinderdorf wurde ich selbst zum Kinderdorfvater eines Familienwohnprojektes mit innewohnender Familie

Meine Familie zog im Sommer 1995 mit mir in solch ein Projekt.

Ich bin begeisterter Fußballfan, war selbst zwölf Jahre Nachwuchstrainer und pfeife auf Kreisebene im Männer- und Jugendbereich.

2004 – 2007 studierte ich berufsbegleitend an der Hochschule Merseburg (FH) und diplomierte mit einem Forschungsthema aus dem Bereich der Innewohnenden Erzieher zum Sozialarbeiter / Sozialpädagogen.